ハヤカワ・ミステリ

DOMENIC STANSBERRY

白い悪魔

THE WHITE DEVIL

ドメニック・スタンズベリー

真崎義博訳

TOKYO
HAYAKAWA
BOOKS

A HAYAKAWA
POCKET MYSTERY BOOK

THE WHITE DEVIL
by
DOMENIC STANSBERRY

Translated by
YOSHIHIRO MASAKI
First published 2020 in Japan by
HAYAKAWA PUBLISHING, INC.
This book is published in Japan by
arrangement with
CULLEN STANLEY INTERNATIONAL AGENCY, INC.
through JAPAN UNI AGENCY, INC., TOKYO.

装幀／水戸部 功

〝罪などというものは、それを隠す術《すべ》を知る女には
存在しないのだ〟

ジョン・ウェブスター

白い悪魔

おもな登場人物

ヴィッキー・ウィルソン………アメリカ人女優。通称ヴィットリア

ジョニー…………………………ヴィッキーの異父兄

フランク・パリス………………ヴィッキーの夫

ホワイティング枢機卿…………フランクの伯父

パオロ・オルシーニ……………元老院議員

イザベラ…………………………有名な女優。パオロの妻

エルネスト・ロドヴィーコ……イザベラのボディガード

ツァンツェ・アレッサンドラ…パオロの秘書

アントニオ・ガスパロ・デ・ルッカ………オルシーニ家の警備責任者

ダーツィオ………………………パオロの甥

ロメオ・フェラガモ……………パオロの弁護士

第一部

1

また殺人があった。今度はロサンジェルスで、場所はパシフィック・パリセーズにある崖の下の砂地だった。私の夫は二人とも死んでしまった。この歳で結婚を二回し、その二回とも未亡人になってしまうなんて、あまりにも若すぎる。

ほかにも死んでいった人がいる——私が敬愛していた女性、そしてある青年だ。

私はいま、遠く離れた町の大通り《アヴェニーダ》からちょっと入ったところにある二階建てのアパートメントでひっそりと暮らしている。古くからの街で、かつてはどっしりと構えていたであろう家々もいまは風化が進んでいる。正面ゲートは鉄製で、窓には鉄格子がはまっている。大通りの外れまで行くとそこから先は掘っ立て小屋の集落が始まっていて、渓谷や鉄道が通る窪地に沿って草原《パンパ》へと広がっている。以前の私の生活は、こんなではなかった。ここに来るまではいろいろなことがあった。

私はできるかぎり人目につかないように暮らしている……誰からも注目されないように……だが、時としてそんな生活に飽き飽きする……軽はずみなことをしてしまう……

愚かにもネグリジェのままバルコニーに出る。少々酔っている。そして、響き渡る車のドアの音。

通りから男の声が聞こえる。彼がスペイン語で「娼《プ》婦《タ》」となじる声が私に向けられる——と思う——だが、違っていた。男の横を千鳥足で歩く女がいる。ガールフレンドか妻か愛人か、彼の侮辱的なことばには慣れている相手だ。男女は暗い通りをじゃれ合いながら歩き、互いをなじり、物陰を見つけて抱き合う。

私は、そんな二人をうらやましく思う。だが、こうした抱擁こそが、私をあれだけの災難に巻き込むきっかけになったのだ。

私は自分に言い聞かせる。いまも拡がりつつあるこの街にいるかぎりは安全だ。私は逃げ切ったのだ、と

——だが、つい二、三日まえにも、ある女性に気づかれたのではないかと思うことがあった。ゴシップ記事のサイトを見るのが好きなレジ係だった。こういうことはこれが初めてではない。歩き方や服装でも油断してしまうことがある。店のショウウィンドウのネックレスを眺める、カフェでメニューを見る、そんなときにうっかり眼鏡を外してしまうのだ——すると、店の店員、通りすがりの人、あるいは二つ隣のテーブルにいるカップルが、あの顔は確かどこかで見たことがある、とでもいうように目を輝かせるのだ。

人知れず生きる暮らし、などというものはない。

少なくとも私には。

一瞬の油断で、私は捕らえられる。居場所を知られてしまう。

すぐにカメラが追ってくる。

カメラ以外のものも。

私に危害を加えようとする者たちも。

2

すべてはローマで始まった。そう遠い昔のことではない。街にスクーターと遺跡が溢れ、どこを見ても映画のセットのような風景が広がるなかを、暑さや騒音に悩まされることもなくノースリーヴのドレスを着てそぞろ歩く、そんなことを想像していたが、実際のローマは違っていた。私はそれほどに無知だったのだ。街の通りは薄汚れ、暑かった。コロッセウムはハエだらけだ。その年の春はあまりに短く、ないも同然だった。見るものすべてが独特の悪臭を放っている。明るい色の合成繊維を身にまとったイタリア人。パキスタン人の露天商。通りも、古い石の壁も、レストランも、コロンを浴びせられた小型犬を連れたイギリス婦人も。

予想していたものとは違ったが、それでも私はここが好きになり、自分の悪臭をほかのあらゆる悪臭に加えることになった。外を歩いても、地下鉄の座席に脚を組んで坐っても、服の下はいつもじっとりしてしまうのだ。

私は、テヴェレ川近くの小さなアパートメントに、最初の夫フランク・パリスと住んでいた。夫はいつも金欠だったが、夫婦でその問題について話し合うことはなかった。私は私で秘密を抱えていたのだ。どこの家でも同じなのかどうかはわからないが、誰にでも心のなかに虚ろな部分があり、そこでは大切なことも忘れ去られてしまうものだ。夜になると、フランクは横になって私の顔をしげしげと見つめる。カーテンが風に舞い、影が揺れた。彼は私を問い詰めたりはしなかった。最初のうちは。私は目を閉じたまま、寝ているふりをする――だが、彼の視線は感じていた。彼は私の頬にキスをし、脚に指を沿わせる。

フランクは私よりずっと年上だった。痩せ型の男で髪の毛は砂のような灰色、鼻はボクサーのようだった――少し歪んでいて、片側に傾いている。そんな怪我の痕があるわりには、あるいはそのおかげなのかもしれないが、彼の顔つきには皮肉屋っぽいところがあった。それも、彼を好きになった理由のひとつだった。その潰されたような大きな鼻に触れながら、暗闇のなかで彼にまたがるのが好きだった……白髪交じりの胸毛に手を置き……私の下で彼が消えていき……すると、彼が私の上になり、こんどは私が消えていき……目を瞑《つむ》り、暗闇に向かって落ちていくと、もう私が誰で彼が誰かもわからなくなり……存在するのは彼の舌と私の舌と、私の胸をつかむ彼の手、空に突き出した私の両脚だけになる……二人の汗がシーツをぐっしょりと濡らし、マットレスは川底のように水を含んでいく……そんなフランクと私はどのようにして出会ったのか――ダラスにいたとき、私と兄と私の元彼のあいだで起きたごたごたから私を救ってくれたのが彼だった。そのごたごたは悲惨な結末を迎えたのだが。

そのときのことは考えたくなかったし、フランクも口にすることはなかった。

ベッドでのひとときを終えると、私たちはよく外に出かけた。

私は頭を空っぽにして彼と並んで歩いた――過去もなければ、未来もない――自分の心がほとんどからだから抜け出してしまったかのような気分で、イタリアの夜を歩いた。私はそんな虚ろな気分が好きだった。夜のなまめかしさも、湿気も、暑さも好きだった。二人はテヴェレ川沿いで外にパラソルを出している店に落ちついた。フランクは酒を飲んだ。そうやってそこに坐り、暗い夜のなかを行き交う人々を眺め、彼らが笑ったりいちゃついたりする声を聞く――そんなとき、ここから逃げ出したいという欲望が私の心を締めつけた。誰か別の人物になり、消えてしまいたい。そのあと、私たちは水面がきらめく川に沿って歩いた。

そんなことすべてが、いまでは別の誰かに起きたことのように思える。

フランクは橋の上で足を止めた。急に不機嫌な様子になり、その顔からは、いまも少しは残っている若さまでもが消え去ってしまっている。

「きみに話しておかなきゃならないことがあるんだ……」

「言わないで」私は言った。

彼はそれ以上何も言わず、ただ私にキスをした。二人のあいだはいつもそんな具合だった。彼は私の腰に手を回し、その手を尻に持っていった。彼は、からだを寄せて歩く私のからだに触るのが好きだった。そうしながらも、私は堤防のそばにたむろする若いイタリア男たちが通り過ぎる私たちに送る視線を感じていた。

兄のジョニーがローマに来て、状況は一変した。それをジョニーのせいにするのはたやすいことだろう。ジョニーの笑顔、茶色い瞳、くしゃくしゃの髪の毛。厳密に言えば彼は兄ではなく、腹違いの兄だ。私と兄の仲はとても親密で、ほとんど一心同体だった。

兄には小さいころから不良っぽいところがあったが、自分で自分の面倒をみる術は知っている男だった。テヴェレ川の反対側にアパートメントを借りて住み、仕事の関係で頻繁にナポリに出かけていた。イタリア語を流暢に話す彼はどんなところにも顔を出し、いかがわしい場所にも出入りし、表の世界にも裏の世界にも精通していた。どうしてこんな人たちと、と思うような知り合いもいた。

私はたまに兄に連れられてクラブに行くことがあった。パオロ・オルシーニに紹介されたのもそんな夜だった。イタリアの元老院議員で、ニューヨークにも住んでいたことがあるという。彼がちょっとした有名人だったので――ハンサムで、奥さんも有名人だ――ジョニーは私に紹介したがったのだった。

「私の美しい妹《ミア・ソレラ・ベッラ》」兄は私を指してそう言った。「女優にして詩人。ヴィットリアです」

いかにもジョニーらしいやり方だ。役者をやっていたことがあるのは事実だ――正直に言えば演技というよりモデル業だが――ただし、詩人などではない。こうやって口からあることないことを言うのがジョニーの癖だった。ローマに来てから名乗るようになったこの名前にしても、本名ではない。

私の本当の名前はヴィッキーだ。

ヴィッキー・ウィルソン。

「初対面ではありませんよ」パオロが言った。

「えっ？」

彼の目が恥ずかしそうな表情に変わった。彼の髪は黒く、癖っ毛だった。とろんとした黒い瞳で私を見つめるその顔つきは、自分でも何をしていいのかわからないといった様子に見えた――こんなのは予想していなかった。

「実際に会ったわけではありません……でもあなたを見たのは本当です、〈チネマ・アヴェンティーノ〉でね」彼は言った。「ですから、遠くからあなたに見惚れていたんです」

彼が言っているのは、マリーノというイタリア人監督の映画に、私がごく短いシーンだけ出演したときのことだった。ほんの小さな役で、それも偶然に手にしたものだった。ちょっと前、今日と同じような夜の店でキャスティング・ディレクターの男とたまたま知り合いになったのだ。小柄で赤ら顔の男で、最初のうちは私をからかっているだけだろうと思った。私の容姿は役にぴったりだ、そう彼は言った。あるいは、私の夫が作家だとか、かつてそうだったとかいうことが関係していたかもしれない。私はアメリカ人で、イタリア語もたどたどしかったはずだが、映画を見た人は私の出演シーンを印象的だと思ってくれたらしい。イタリア在住アメリカ人向けの新聞や、《ローマ》というイタリアのゴシップ記事のサイトにも私の記事が載ったのだ。

〝ステリータ〟それが私に送られたことばだった。その意味が〝小さな星〟か、〝小さなナイフ〟か、結局私にはわからずじまいだった。

私の髪が掻き上げられ、私が演じる女性のもの言いたげな表情にカメラがズームしたとき、私とカメラのあいだには情事のような関係が生まれていた。

だが、まえにも言ったように、芽は出なかった。映画のあとにイタリアのデパート向けのモデルの仕事をやったりはしたが、いまではすっぱりやめてしまっている。


　私たちは〈パープル・カフェ〉にいた。テスタッチョ地区にあるアメリカン・スタイルのバーで、チルコ・マッシモの古代競技場跡からもそう遠くないところにある。〈パープル〉は古くからある店だが、すでにガイドブックからは消えてしまっている。その全盛期は過去のものだが、それでも店内に活気が溢れる夜もある。ここに来ると、違う時代にタイムスリップしたような気分になれる。私もそんな感覚を何度も味わった。この日は、バルセロナから来たジャズ・バンドが演奏していた。

　兄がオルシーニと知り合いになったきっかけは、ナポリの得意先の紹介だった。ジョニーは、金持ちの観光客相手のクルーズ船に物資を調達する仕事をしていた。兄が私たちを引き合わせたのにはある魂胆があったらしいが、私はかまわなかった。オルシーニは四十代で、若者とはいえないがフランクよりはずっと年若だったし、彼が私に魅力を感じていることがうれしかったのだ。店内に流れるジャズ・バンドの演奏は、名前を知らない古いナンバーに、フュージョンとでもいうのだろうか、いまにも破綻してしまいそうなメロディが混じっているものだった。私は大勢の人の体臭、汗、アルコールを鼻孔に感じていた。たくさんのスマートフォンが薄暗がりで光っている。暖かい夜で、人々は私たちに目を向けている。ここにいるのがオルシーニだとわかり、彼や彼の妻の名前を口にしたり、絶えることのない二人の噂話を囁き合ったりしているのだ。

　オルシーニが私の肩に手を置いた。私はストラップレスのドレスを着ていて、触れられた感触に興奮を覚えた。

「夫が……」

「ご主人がどうしました？」

「もうすぐここに来るんです」私は言った。「ちょっと遅れているようで」

　オルシーニは私を真剣な眼差しで見つめた。恥ずかしさはもうない。彼の瞳は茶色で、ほとんど黒に近かった。女なら誰でもこのような瞳を見ることがある――あるいは、暗がりで想像する。あの川沿いのイタリア男たちのような瞳を。だがたいていは、振り返って見ることなどはしない。

　だが、このときは違っていた。

　それはまるで懐かしい人に会ったような感覚で、あたかも前世でいっしょだった人とこの世でも出会うことが、よかれあしかれ運命づけられていた、とでもいうようだった。

　私はまた自分がからだから離れたような状態になり、ストラップレス・ドレスを着た少々痩せぎすのからだや、バカみたいに見開いた黒い瞳を見つめていた。

「テーブルを探しませんか？」

　このあいだも、ジョニーはずっとそばにいて私たちに目を向けていた。兄は、彼にしかできない笑顔を私に向けた。

　ジョニーと私の親密な振る舞いは、まわりの人が陰湿な噂話をするほどだった。それがどれほどひどい内容かはご想像におまかせする。ただ、私たちは子どものころからずっとそうしてきた。互いのからだに触れ、手を握り、どこへ行くのもいっしょだった。家族を大切にするイタリア人ならそういう接しかたにも理解を示すと思うだろうが、彼らもまた汚い想像をすることに違いはない。

ジョニーと私がこれほど親密なのにはわけがある。

私たちが生まれ育ったのは、ヒューストン市内のさびれゆく郊外だった。この地が最初に造成されたときの狙いはパーム・スプリングズのような界隈を作ることだったが、家々のサイズは小さく、セントラル・ヒーティングもなかった。その結果、生まれたのは――植え込みの上にあれだけの数の三角屋根が突き出しているにもかかわらず――存在しないも同然の場所だった。私たちははぐれ者だった。本当の意味でのテキサス人にはなれなかったのだ。訛りからして違う。私たちの母はシカゴにほど近い小さな町の出身だった――ちゃんとした家庭だった、と母は言い張っていた――だが、ジョニーの父親は彼が生まれるまえに家族を捨ててしまっていた。その後、母は石油関係の技師と結婚した。それが私の父だ。父のことはよく覚えていない――ぼんやりとした輪郭と私を見下ろす顔くらいだ――が、母の男はそのあと何人もいた。私たちに優しくしてくれた男もいたし、そうでないのもいた。

繰り返すが、ジョニーと私がこれほど親密なのにはわけがある。

母は私たち兄妹にできるかぎりのことをしてくれた。私立の学校に通わせる資金も貯めた。ジョニーは大きくなると家から離れて暮らすようになったが、私が大学に通うようになると、ダラスでまたいっしょに生活するようになった。

事件が起きたのはそのダラスでだった……思い起こしたくもないあの醜悪な出来事……

それはある若い男を巡って起きたものだった。サザン・メソジスト大学のようなところにはよくいる髪を短く刈り揃えた男……広い肩幅で、目はグレイ……表面的にはほかのテキサス人の若者と同じように上品そのもの……大人相手にはやたら〝マダム〟とか〝サー〟を連発するような……だけど、本当は厚かましい奴……そういうタイプには慣れていたつもりだが、この男にはどこかずれているところがあった……普通のずれ方ではない、うまく言えないがとにかく変だった……落ちついているとはとても言えない……ジョニーがある夜、バーで散々飲みまくった挙げ句にへべれけになって連れ帰ったのが彼だった……私はそのとき初めて会った……彼の家は裕福だった。彼は私にいろいろな物を買ってくれた……アクセサリー……洋服……だが最後には……そう、独占欲を丸出しにし、私を決して放してくれなくなった……買い物についてきたり、授業にも……アパートメントの外をうろつくようにもなった……ジョニーが彼に、二人はもう終わりだから妹のことはあきらめてくれ、と話をしてくれた。が、その言い合いはどんどん激しくなり……しまいにはどつき合いになった……その後しばらく、彼の姿は見えなくなった……そしてある夜、また戻ってきた……アパートメントの建物に入ってきて……

　清掃員の女性が翌日の朝、日の出のころに、メンテナンス用通路のコンクリートの上に倒れている彼を発見した。六階にある私の部屋のバルコニーの真下だった。

　彼にいったい何が起きたのか、様々な憶測が交錯した。初めて警察がやって来たとき、ジョニーと私は部屋を空けていた。隣の部屋に住む女子学生クラブ《ソロリティ》の女の子たちは、まえの晩、私の部屋から物音がしたと証言した。誰かが取っ組み合っている音や、廊下を駆けていく音だ。検視官の分析結果——からだの傷、頭蓋骨や頸椎の骨折——それに死後硬直の状態——は、彼が六十フィートほど上から落下したものとみられ、その時刻は午前二時くらいだということだった。六十フィートは私の部屋のバルコニーと地面との距離と同じだ。病理検査の結果、彼の血中にはアルコールと、リスペリドン、アンフェタミンが検出された。警察はバルコニーから潜在指紋を見つけたが、それは別に不思議なことではなかった。彼は一度ならずこの部屋に来たことがあったのだから。まえにも言ったとおり、彼の両親は裕福で、警察に徹底的な捜査を要求した。

ソロリティの学生の証言はあったものの、ジョニーと私が確かに事件の現場にいたという証拠を、刑事たちは見つけることができなかった。それに加え、死んだ男にはかんばしくない過去があった。彼は私のアパートメントの鍵を返さずに持っていた。また、躁病的な行動や自殺衝動をうかがわせる言動もあった。以前、婚約が解消になったときには薬物の過剰摂取が見つかったこともあり、ガルヴェストン・コーズウェイで路上のコーンに車で突っ込んだこともあった。そんな彼がまたもや衝動に駆られて行動を起こした可能性は否定しがたかった。つまり、自殺。私のいないあいだにアパートメントに忍び込み、バルコニーから身を投げたのだ。結局のところ、自殺説も他殺説も、それを証明する充分な証拠は見つけられなかった。とはいいながら、もしフランク・パリスが進んで証言してくれなければ、捜査はまだつづいていただろう。事件のあった夜、兄と私は彼のアパートメントでいっしょだった、と言ってくれたのだ。フランクはそのころ大学で教鞭を執っていた——一年間の臨時採用だ。死んだ男の両親は、フランクを嘘つき呼ばわりした。悲しみにうち沈んだ彼らは、息子の死を誰かのせいにしたかったのだ。その標的がジョニーと私だったのだろう。そもそも彼と関わったこと自体が私たちの罪だ、と。

「この男にはね」母は私に言った。「このフランク・パリスって男にはね、証言をしてくれたからといって、おまえが何かお返しをしてあげる必要はないんだよ」

「彼、ローマにアパートメントを持ってるのよ」

「ローマ?」

　母の黒い瞳が揺れた。母は私と違い、肉感的ないいスタイルをしていた。子どものころから、母がからだにぴったりした服を着こなすのがうらやましく、私が大人になってからもとても敵わなかった。

「おまえはいつだってそうだ」母は言った。「自分だけの世界にいる。だけど、男が絡むといつもこんな面倒なことに巻き込まれちまうんだね。そんなとき、おまえの兄さんは……」母は言い淀んだ。「かわいそうに、兄さんはおまえを助け出そうと一所懸命になるんだ」

　私はただ黙っていた。

「このフランク・パリスって男……あんな歳で……いまはまだいいよ」彼女はつづけて言った。「だけど、あと二、三年もしてごらんよ」

　母が言いたいことはわかっていた。男というものは突然死ぬわけではなく、古木が内側から腐っていくように少しずつ死んでいくものだ——だが、私はかまわなかった。こんなことがあったいま、もうダラスに住むことはできなかったし、ヒューストンだって論外だった。テキサスは、州全体がまるで小さな町のようなのだ。

「私はもう社会の除け者よ」

「心配いらないよ。きっと会いに行くからね」

「イタリアに?」

「ローマに会いに行くよ」

「彼のアパートメントは狭いのよ」

「いっしょにスペイン階段を歩こうね」

「すぐには無理だわ」

「なんだって?」

　その声に、母が生まれ育った中西部の町の、平坦で悲しい響きが感じられた。

「生活が落ち着いたらね」

「別にいっしょに住もうっていうんじゃないんだ」

「そんな意味で言ったんじゃないわ。ぜひ来て欲しいわよ。離れて住むことを考えただけで、もう寂しいんだから」

　人は誰しも、物事が過ぎ去ってからこんなふうに思うものだろうか？　正直に言うと、そのとき私は寂しいとは思っていなかった。少なくとも、それほどには。それより私が感じていたのは、母が私のなかにあるあの虚ろな暗黒に、そのからだの曲線を余すところなく見せているタイトなワンピースとともに消え去っていくことだった。しばらく経ったある日、兄がローマのカンポ・デ・フィオーリ広場の端にあるフランクのアパートメントを訪れ、母がミシシッピ州ビロクシの海岸沿いの道路で交通事故に遭って死んだと告げた。屋根をたたんだコンヴァーティブルの助手席に乗っていて、運転席には新しい夫がいたとのことだった。

「これでおれたちはもう二人きりだ」ジョニーは言った。

「かわいそうなママ」

　私は泣かなかった。そのときは。ただ、ジョニーは感情を露わにし、私はそれをなだめた。兄は私の胸に頭を埋め、私は彼の髪の毛を撫でた。兄もこんな優しい一面を見せるときがあり、私はそんな彼をできるかぎり慰めてあげた。

　私はそこで立ち去るべきだった――あの夜〈パープル・カフェ〉で、パオロから、そして兄からも――だが、テーブル席の人々はちらちらとこちらに目を向けているし、首をかしげては何やら囁き合っている。パオロ・オルシーニは人々の注目の的だったのだ。そのハンサムな顔は始終ニュースやら、スキャンダル記事に載っていた。そこまで人々を惹きつけるのは、彼がイザベラと結婚しているということが大きな理由だった。

私が彼に惹かれたのもそれが理由だったのかもしれない。

イザベラは女優で、その昔、擦り切れた服で廃墟のなかを危なっかしい足取りで歩く純粋無垢な娘を演じて一躍有名になり、その黒い瞳とまん丸の頬でふくれっ面をした顔は誰もが知るところになった。いまは歳を重ねているが、その魅力は衰えていなかった。もうアメリカ映画に出演することはなくなり、イタリアの監督たちももっと若い女優たちに役を振るようになってきたようだが、イタリアの大衆はいまも彼女に夢中だ。と同時に、タブロイド紙はパオロの浮気をこぞって書き立てていた。

結婚生活はすでに崩壊寸前だ。

パオロはジゴロにして冷酷無比なけだものだ。

彼はイザベラの不動産の売買権を自分のものにし、オンライン・カジノの事業にも関わり、マフィアが牛耳る建設会社と裏でつながっている。

こういった話がどこまで本当なのかはわからない。イザベラとの結婚生活に関する様々な噂には矛盾も多かった。

「あっちに行こう――空いたテーブルがある」ジョニーが言った。

私たち三人は、兄が見つけたフロアの反対側にあるテーブルに向かって歩き出した。歩きながら、私は自分が古い時代に足を踏み入れているような感覚を覚えていた――きらびやかで、ゴシップに溢れ、ストライプ柄のビーチ・チェアに坐ってココナッツ・ローションを塗り、背の高いグラスでミント入りのドリンクを飲む、そんな世界だ。そばには海水パンツを穿き、サングラスをしたギャングのメンバー。

ジョニーが私にウィンクを寄こした。

兄はくるくるカールした髪の毛と、優しい目をしていた。その目のおかげで、彼は首を縦に振るだけで普通なら表現できないようなことを伝えることができた。兄には欠点もあったが、私のことはいつも守ってくれた。二人のあいだにはそんな絆があったのだ。彼の目線を追うと、フランク・パリスがこちらに向かって歩いていた。まだ私たちには気づいていない。彼の歩き方や姿勢を見れば、アメリカ人であることは一目瞭然だった。胸元を開けた白いシャツにジーンズという出で立ちだった。彼はもともと活力に溢れた男だったが、最近の何ヵ月かはその活力が徐々に失われつつあった。酒の量も増え、かつての悪癖だったギャンブルまでまた始めるようになっていた。

ただ、その顔にはいまもあの皮肉屋っぽい笑顔があった。

私たちはテーブルに彼の席を用意した。

「遅かったじゃない」

「人と連絡を取ってたんだ」

「仕事で？」兄が訊いた。彼は私と視線を合わせた。ジョニーは、フランクの金銭上の問題を知っている。

「古い友人だ」フランクが答えた。「eメールだよ。たいしたことじゃない」

「あなたは有名な作家だそうですね」パオロが言った。「義理のご兄弟が話してくれましたよ」

フランクは若いころに、競馬で自らを破滅させてしまう若者を描いた小説を書いたことがある。自伝的な性格を持つその本は、アメリカでは黙殺されたが、フランスでは絶賛されて映画化され、いまだにその評判が残っていたのだ。馬に対する興味という点で、パオロとフランクは共通の話題を見つけた。パオロはフィレンツェにある別荘に小さな厩舎を持っており、そこで育てている牡馬は、何年かまえにパーリオ・ディ・シエーナの競馬に出場したこともあった。

「牡馬というのは実に美しい生き物です」パオロが言った。「ぜひ見ていただきたいものですね」

「乗ってみたいな」

パオロはちょっと困った顔をした。「乗りこなすのはむずかしいでしょう」

「フランクのことならご心配なく。幼いころから馬には慣れ親しんでいるんです」ジョニーが言った。兄にはフランクを褒めそやす傾向があった。少々やり過ぎなほどに。「それはそうと、彼は本当に有名な作家なんですよ」

「一冊だけさ」フランクが言った。

「ローマ教会にも有力なコネがありますしね」

「そんなことはないよ」

「どういうことですか？」パオロが訊いた。

「ホワイティング枢機卿《すうききょう》は彼の伯父なんです」

「そうでしたか。では、彼に頼んで私を教皇にしてもらえますかね」パオロが言った。

私たちは笑い、フランク・パリスも笑った——ただ、それはぎこちない笑いだった。というのも、人々に道徳を説き、その世界においては相当の力を持ち、ただし彼とは相反する考えかたを持つ伯父は、フランクにしてみれば自分をはずかしめる存在でしかなかったからだ。

まわりの人の視線は私たちに向けられている。それはパオロの顔を見たからだが、私のことも、小さな役で出た映画や雑誌のファッション広告で見た顔だと思っているのではないか、と気になっていた。この広告のなかで私は詩人の扮装をした——少々大げさ過ぎるくらいに膨らんだ長袖のブラウスを身にまとい——想像上の日記の一説がコピーになっていた。当時、そのキャンペーンはかなり大々的に展開された。一瞬、誰かが私の名前を囁くのを聞いたような気がした。もし写真でも撮られたら、パオロと私は翌日のゴシップ記事で新たな愛人関係と書かれてしまうかもしれない。

「二、三週間後に、ちょっとした集まりを計画していましてね」パオロが言った。

彼の目は私の夫を見ていたが、そのことばは私に向けられたものだ、そう思った。彼は私にまた会いたいと思っている。

音楽はさらに混沌としてきた。私はそれをからだの内側で感じていた。紫色のライトが小さなステージからこぼれ、まわりの人々にも注いでいる。私はそれも同じように感じていた。すぐそばのテーブルで、カップルが見せびらかすようにいちゃつき始めた。オルシーニは私を見つめていて、そのとき、私は膝に何かが触れるのを感じた。さりげなく顔を上げはじめた——オルシーニの熱い視線を受け止めようと——が、そのとき夫も私の膝に手を伸ばし、手を握ってきた。

3

大通りの見える部屋でタブレットを見る。自分の名前を打ち込むと、過ぎ去った過去が、虚構も含めてよみがえってくる。ブログやニュース・フィードに載った私の写真、その多くは私の知らないうちに撮られたもので、妙なアングルだったり、ほとんど私には見えないものもあったりする。実際に私を撮ったものもあるが、他人の写真に私の名前がつけられていることもある。

たとえば、イザベラ……

片方の頬を床につけ、口は開きぎみで、見開いた両目は忘れ去られた湖のように冷たく光っている。髪の毛はくしゃくしゃで、黒い巻き髭のようなものが額のまんなかを裂くように走り、傷だらけの顔を這い回っている。

彼女の死に関する記事には、私の名前と、ジョニーも登場する。私たちに何の罪もないわけではない……そんなふりをするつもりもない……私たちはただの異国のお客さんだった……ただその魅力に我を失っていただけの……それもほんの表面的なものに……だが、本当に残忍な者たちはほかにいたのだ。

あの〈パープル・カフェ〉の夜には別の男もいた。私はその男の顔を見ていたかもしれない――奥の壁際に並ぶテーブルのひとつで、あの硬い背もたれの椅子に坐って飲んでいた男。〈パープル〉は大きな店ではない。ひと晩そこで時を過ごせば、客は互いの顔をかなりよく見ることができる。それはこの店の意図的な造りで、売りにもなっていた。肩幅の大きな男だった――隙のない服装をしていて、締まりのない口元に笑みを浮かべ、黒い瞳で人を射るような目をしていた。髪はうしろに撫でつけていて、その生え際は後退ぎみだった。私はあまり彼に注意を払わなかったが、彼のほうでは私をじっと見つめていた。もし、この小さな機械を信じるとするならば。

ここにあるいくつかの写真、暗い背景に描かれた光の殴り書き……

男の名は……

エルネスト・ロドヴィーコ。

オルシーニのボディガードのひとり。

普段の務めは、イザベラの警護。

彼はその夜、欠員の出たスタッフに代わってパオロ・オルシーニの警護にあたっていた。表に出すことはなかったが、実は彼には忠誠心の葛藤があった――そして、膨れつつある憎悪も。私はそんなことを少しも知らなかったし、男が私に蔑みの眼差しを向けていることにも気がついてはいなかった。私は兄に手を取られてテーブルを離れ、壁に背中をつけて彼と向き合い、そのことばに耳を傾けた。兄と妹として、私たち二人がしゃべったり触れ合ったりするやり方には独特の親密さがあった。

「オルシーニはおまえにぞっこんのようだ」

「うれしいわ。でも、私には夫がいるのよ」

「向こうにだって妻がいる」

「だから、これ以上のつき合いにはならないわ」

「もちろんだ」兄は言った。

「そんなことはしたくないんだから」

「もちろんさ、おまえはそんな女じゃない」

「絶対によ」

「だけど、パーティには行くだろ？　超一流の連中に会えるぞ」ジョニーはそう言って笑い、目を輝かせた。

「イザベラも来るよ。会ってみたいだろ？」

4

フランクと住んでいたアパートメントは、カンポ・デ・フィオーリ広場のいちばん端に位置していた。この建物は古代の宮殿のなれの果てで、古代ローマのポンペイウス劇場——シーザーが暗殺された場所だ——があった場所に建てられていた。建物内のもっとも古い箇所の地下には洞穴があり、かつてヴィーナス像が収められていたという。その洞穴もいまはなく、土や朽ちた大理石で埋められてしまっている。このアパートメントはイタリアの標準からいってもかなりくたびれていて、配管もひどい状態だった。

オルシーニのパーティがある日の夕方のことだった。私たちは出席することになっていた——ジョニーにそう約束したのだ——が、フランクはひどい様子だった。そのまえの晩にひとりで飲んでいて、私が帰宅したときにはベッドに突っ伏していたのだ。

「昨日の晩は」彼はまた言った。「いったい何時に帰ってきたんだ？」

私は答えなかった。すでにこの問いでひと悶着あったのだ。

「このシャツがいいわ。この色はあなたによく似合うから」私は言った。

さび色のシャツは上等な生地でできていて、襟はイタリア風だった。彼はボタンを半分ほど留めたところで鏡に映った自分を見つめた。クラシックなスタイルの姿見は彼が私のために買ってくれたもので、部屋を広く見せるのにもひと役買っていた。

「よく似合ってる」

「おれ、臭うな」彼は言った。「ヤギみたいな臭いがする」

「イタリアの男はみんなヤギみたいな臭いがするものよ」

それはまったく嘘とはいえなかった。一日に四回もシャワーを浴びるのはアメリカ人だけだ。

「きみひとりで行ったほうがいい」

「何バカなこと言ってるの……コロンをつければいいわ」

「きみはおれに飽きてる」彼の両手が震えていた。

私はグラスに酒を注いで夫に渡した。

「きみの兄さんが言うには……おれはもっときみにつれない素振りを見せたほうがいいって」

「私たち二人のことを兄に話したりするの？」

「ほかに話せるやつがいるか？」

「私がいるじゃない」

まだメイクはしていなかったので、私の目は素のままで唇も青ざめていた。私の目は大きく、頬骨は高く、痩せて骨ばったからだつきをしている。メイクをしていないと歳よりかなり若く見え、子どもか少年のようにも見えるほどだ。そんな私の外見に夫が深く惹かれていることは知っていた。彼がそう話してくれたから。それに、いまでは連絡すら取っていない彼の最初の奥さんと娘の写真を見せてもらったこともある。私は若いころの奥さんに似ていた。

「私は完全にあなたのものよ」私は言った。

「完全にじゃない」

「いいえ、完全によ」

「そんなの、口先だけだ」

「違うわ」私は言い張った。

私は頭を下げ、私のなかにあるあの虚ろな部分を探ってみた。じっくり深くまで見つめてみたが、何も見つけることはできなかった。私には、その正体もわからない欲望が数え切れないほどあったはずだが、それがすべて消え去っていた——ただひとつ、いちばん醜悪で、自分からは認めたくないものを除いては——そのときはっと気がついた、いま自分がただひとつ望んでいるのはこの場から逃げ出すことだ、と。フランクは鏡に映る私をじっと見つめた。私は微笑んだ。できるかぎりの温かい笑顔。自分の顔が鏡に映る。茶色い瞳が私を見返す。ふいに気恥ずかしくなり、唇が歪む。

「私は完全にあなたのものよ」私はまた言った。

「きみはおれを支配している」

「何バカなこと言ってるのよ」

「おれはきみの囚われ者になっちまった」

「そうじゃないわ、その逆よ」

「人は何かを手に入れると、興味を失ってしまうものだ。きっとおれたちはそういう関係になっちまったんだ」

私のブラウスも着かけだった。鏡に向かって立ち、片手を腰に当て、うしろにはフランクがいて私を見つめている。このブラウスは古いものだった。新しく買ったビアジョッティのブラウスはベッドに置いてある。

「きみの兄さんが言うには――」

「やめて、ジョニーはいろんなことを言うのよ、そんなことわかってるでしょ。彼はいっしょに競馬に行く相手が欲しいだけよ」

夫と兄は最近よく競馬に出かけ、馬券を買っていた。ジョニーもまたギャンブル好きだったのだ。その点で、兄とフランクには似たところがあった。

「おれが競馬に行くのがいやなのか？」

「いいえ、ただ――昨日、クレジット・カードが拒否されたのよ。ビアジョッティの店でね。こんなこと言うつもりじゃなかったんだけど」

夫はベッドの上に開いた箱と、そのなかで紙に包まれたブラウスに目をやった。

「買い物をしたんだね」

「ブラウスをね。だけど、スカートも買うつもりだったの。ほかにもちょっとあったんだけど、全部返してきたわ」

「すまない……おれの稼ぎが……」

「洋服なんてどうでもいいの」私は遮るように言った。

だが、それは必ずしも本心とはいえなかった。新しい服の感触は素敵だった……違うものを着る喜び……フランクにもそれがわかっていた……彼だって、鏡のまえでポーズをする私を見るのが好きだった。以前はよくそうしていたのだ。

「きみの兄さんは馬となると目の色が変わるんだ」

「損が出てるの？」

「それは損することもあるさ。だが長い目で見れば……」彼はそこでことばを切った。「ジョニーに聞いたんだが、トスカーナには実に美しい田舎道があるらしい――オルシーニの厩舎からそう遠くないところだ。また馬に乗ってみたいな。彼の厩舎には、あのシエーナのレースにも出た牡馬がいるんだ」

ジョニーはここのところオルシーニの仕事をしていて、イタリアのブーツの爪先部分に位置するレッジョに足繁く通っている。そして、出張から帰ってくるたびにフランクと遊び歩いている。ジョニーのことだ、何かを企んでいるのではないだろうか、と私は気になっていた。

私は、ダラスでバルコニーの手すりを越えて落ちた若者のことを思い出した。

その後の検察審査、警察の捜査、私たちが証言したとおりではなかった事件の本当のいきさつを思い出した。

歩道でぺしゃんこになった彼の死体を思い出した。

もしかすると、フランクもまたそのときのことを思い出していたのかもしれない。あるいは、別れた奥さんのことを。あるいは、彼には二度と会いたくないと言った娘のことを。

「きみは兄さんを愛してる」

「もちろんよ」

「彼のことはおれも好きだ。いい友だちでいてくれている。いや、それ以上だ——息子のように思ってるんだ」

私は、ビアジョッティの店でクレジット・カードの限度額に達したブラウスを手に取った。美しいものというのはたいがいそうだが、それは生地のカットのし方といい、シルエットといい、実にシンプルなものだった。

「これは返してきたほうがいいわね」

「そんな必要はない」

「だけど——」

「着て見せてくれ」フランクが言った。

彼がキスしてくれたとき、私は目をつぶった。それは優しいキスで、そのあいだ彼はずっと私を見つめていた。キスするときに相手をそんな目で見る男というのは、たいていの場合は相手そのものではなく、彼らの想像のなかの女を見ているものだ。私は彼を抱き寄せた。

「昨日の晩は……」彼が言った。

「散歩してたのよ」

「しばらく帰ってこなかった」

「このブラウス」私はそう言って彼から離れた。「着てみるわ。似合ってるかどうか見てみて」

5

イザベラが死んだのち、警察は捜査の矛先を何度もあのオルシーニ邸での夜に向けてきた。証拠は少なかったが、捜査官たちはあの夜にこそ事件の動機、何らかのつながりがあると考えたのだ。この事件は一大センセーションとなり、人々はイザベラの死に至るまでのいっさいを知りたがった。彼女がブルーのシルクの下着を着けてタイルの床に傷だらけで倒れた姿で発見されるまでに、いったい何があったのかを。

いろいろな説が噂された。

私のその夜の行動について書かれたものを読んだことがある。言われているとおり、イザベラを追って庭に出たのは事実だ。そして、私が愚かにも彼女の夫の気を惹く素振りを見せていたことも、たぶん本当だろう。それに、私のブラウスが肩からずれたことも、シャンパンの酔いが相当回っていたことも。邸《やしき》に入るまえに、歩道でフランクとことばを交わしたことも事実だ。彼はまた私に、まえの晩どこに行っていたかを訊いたのだ。

「兄といっしょだったのよ」私は答えた。「そう言ったでしょ」

「いや、言ってない」

「言ったわ」

それで彼が納得したのか、私のことばを信じてくれたのかどうかはわからない。夫はときどきジョニーに嫉妬を感じることがあった——私たちがそれほどに親密だったから——だが、あとになって自分を恥じるのだった。パーティ会場に入ると、問題は消え去った。ジョニーとフランクは無二の親友のように話しだし、私はひとりでほかのゲストとことばを交わし始めた。

邸内は有名人で溢れかえっていたが、当時の私が名前を知っている人はいなかった。暖炉にもたれるようにして立っている男が、アメリカのギャングの孫であるジミー・ルチアーノだということも、私は知らなかった。あるいは、その彼と話しているのが大臣のアルベルト・ファディーニで、彼の父がムッソリーニ政権の閣僚だったということも。イタリアの男性俳優も大勢来ていた。映画監督も何人かいて、その腕には女優志望の女なのだろうか、歳の離れた若い娘たちがくっついていた。映画監督のフォン・シュトレンベルクはフランス女を連れていて、タイプライター会社の御曹司フランチェスコ・オリヴェッティは、ミラノ出身のショウ・モデルを自慢そうに連れ歩いていた。ほかにも、コッポラの新しい映画に主演するジョニー・マルコや、ジェイムズ・モークというイギリスの映画監督もいた。この監督に対してはイタリアのフィルム・コミッションが、彼の次回作の制作拠点としてチネチッタ撮影所を選んでくれるようにと秋波を送っていた。モークが準備しているのは、アメリカのテレビ局で放送予定の古代ローマを舞台にした連続ドラマだった。そのため、彼のまわりには役にありつこうと願う俳優の集団ができていた。ただ、私はそんなことにはほとんど気づいていなかった。というのも、その集団のいちばん端に、シャンパン・グラスを手にした黒髪のイザベラがひとりで立っていたからだ。彼女はむせかえるような美しさを放っていた。ひとりで立ってはいるのだが、その佇まいには、彼女を見る人々には決して独りだとは思わせない何かがあった。背筋をぴんと伸ばし、肩をうしろに引いたその姿勢は、まさに美人はこうあるべきという姿だった。彼女は頭を少し下げてシャンパンに口をつけ、グラスの縁に口紅の跡が残った。

顔を上げた彼女の瞳は明るく輝いていた。そのとき、彼女と目が合った――私の目とイザベラの目が。

私は彼女に向かって足を踏み出したのかもしれない。だが、彼女のすぐうしろに立っている男に気がつき、思わず足が止まった。それはあの〈パープル・カフェ〉の夜にもいたボディガード、ロドヴィーコだった。鋭い顔つき、後退した生え際。黒い髪の毛はうしろに撫でつけている。申し分のない服装で、口元の醜い表情さえなければハンサムといえる男だ。それに、私を見る馴れ馴れしい視線に、人を嘲るような笑み。彼は何か秘密の情報でも伝えるように、イザベラに向かって頭を傾けた。イザベラはそれを聞き、声を上げて笑った。

「あの男」私は兄に言った。

「誰のこと？」

「イザベラのそばにいる男よ」

「あいつがどうした？」

「私のことをバカにしてるわ」

「かわいそうに」

「兄さんまで私のことをバカにするの？」

「まさか」兄は言った。「そんなつもりで言ったんじゃない」

　兄は私に、ロドヴィーコについて知っていることを教えてくれた。それによると、彼は喧嘩早くて短気な男らしく、暴力行為を行っていた過去もあるらしい。相手を威嚇する迫力を備え、裏社会とのつながりもあった――そんな特異性もいつか役に立つときが来るとオルシーニは考えたのだろうが、いまとなってはこの男をいっそう厄介な人物にしてしまっている。さらに悪いことに、彼はオルシーニに雇われながらも、いまではイザベラのほうに気に入られようと取り入っている。

「奴は危険だ」

「彼を見ると落ちつかない気分になるわ」

「パオロと話すよ」

「ダメよ」

「おまえだけじゃないんだ」彼は言った。「奴がほかのゲストに向ける視線を見たか……それに、奴には妙な執着がある……短剣とか……ナイフとかに」

　兄はオルシーニのところに行き、そのあとパオロがロドヴィーコを部屋の隅に連れていくのが見えた。この二人は互いを嫌っていた。状況が違っていたら、もっと大騒ぎになっていただろう。結局、ロドヴィーコはパーティ会場から立ち去り、私はホッとした。彼が私の横を通り過ぎるとき、もしかするとうれしい気持ちが顔に出てしまっていたかもしれないが、いまとなってはよくわからない。その夜が終わるまえにもう一度彼と出くわすことがわかっていれば、もっと気をつけていたのにと思う。

　イザベラは反対側に歩いていき、テラスのドアを開けて庭に出ていった。

彼女の映画をテレビで見たことはいまでも覚えている。それはヒューストンの家で、外は地面が焦げるほどの暑さのなか、エアコンのすえた臭いのする部屋でだった。母と私は映画をよく見た。それが二人の現実逃避であり、いっしょに時を過ごす方法だった。幼い私だったが、イザベラには心を奪われた。家の外でダニの幼虫に嚙まれながら草の上に坐っているときなどに、私はときどきイザベラのことを考えた。あのみすぼらしい服を着て、破れたストッキングで土埃のなかに立つ彼女を——昔の姿そのままに——昼過ぎのケーブルテレビで何度となく見た感傷的な映画のなかで、彼女が演じた迷える純情な娘のことを。映画が制作されたのは私が生まれるより何年かまえで、いまから数えればほとんど三十年もまえになる。イザベラは当時、まだ二十歳にもなっていなかった。

あのころの私は、自分もイザベラにようになりたい、となかば思っていたのだろう。あるいは、私の想像のなかで作り上げたイザベラのように、と。その気持ちは、いまも消えていないような気がしていた。

私はテラスを通り、庭でタバコを吸っている彼女を見つけた。彼女は、胴の部分が四角くカットされたクラシックなヴェネチア風のブラウスを着ていた。そのからだつきは私より女らしく、肉感的だった。瞳も私より濃い色で、温かだった。彼女は私を品定めするように見つめた。まるで私のような女はこれまでに何人も見てきていて、なぜ自分に近づいてくるのか、自分に何を求めているのか、すっかりお見通しで改めて訊く必要もない、とでもいうようだった。彼女にとって私は、外見こそ違えど、その他大勢のうちのひとりにしか過ぎないのだ。

「タバコをお持ちですか?」私は訊いた。

「あなたはタバコを吸うようには見えないけど」

「吸わないほうがいいとは思うんですけど、好きなんです」

タバコはごくたまに吸うことはあったが、どうしても欲しいと思うことはなかった。このときは中毒にはなっていなかったが、煙が指の先から頭上の木の枝へと螺旋を描いて上がっていくさまを見るのは好きだった。私たちは、野生のバラの生け垣があるあずまやでタバコを吸った。

「このバラ」私は言った。「美しいですね」

「赤よ」

「この花びらも――触れるととても柔らかい。それに、色も――」

「見たらわかるわ」

「ほんとに美しいわ」

「落ち着かないのね？」

「どういう意味でしょう？」

「わかってるくせに。まあ、いずれにしても、そのうちしおれて朽ちるわよ」

「でも、まだこうして咲いています」

「指の脂のせいで花びらが腐ってしまうのよ」

イザベラは大きく煙を吸い込んだ。そうすると彼女の顎の鋭角さが強調され、口のまわりの皺が薄くなった。近くで見ると、目のまわりには細かい蜘蛛の巣のような皺がある。彼女の年齢をそこに感じた。ただし、そんなのは些細なことだった。彼女が煙を吐きだし、首を回してその横顔が見えたとき――彼女の美は圧倒的だった。

「そうですね、どんなものも運命の流れには逆らえないんでしょうね」私は言った。「もちろん、ローマを除いては、ですが。ローマは永遠ですから」

「違うわ」彼女が言った。「ローマは死んでしまった。実質的にはね」

私たちの背後で石畳を歩く音がした。兄だった。イザベラは手を下に伸ばし、吸い殻を花壇でもみ消した。私も彼女を真似して同じようにしたが、急にまた一本吸いたくなった。

「おっしゃるとおり、ローマはすっかり死んでしまった」ジョニーが言った。

この感覚は、ある種の人々のあいだでしきりに語られるようになったもので、ジョニーはそのことを知っていたのだ。芸術家や作家たちが、そもそも多くの人々をこの街に惹きつけてきたものについて不満の声を上げるのを、一度ならず聞いたことがある。古代の芸術品の数々や、それを保存、修復するための膨大な労力、そして遠い過去に生み出されたものだけに注がれる絶えざる賞賛――そういったものが耐えがたくなる、と彼らは言う。息が詰まりそうになるのだ、と。そのせいで、新しいものを生み出すことができなくなってしまうというのだ。

「ですが、私は死者を疎ましいとは思いませんね」ジョニーが言った。

「どうして？」

「みんな働き者だったからですよ」彼はまわりを指し示して言った。「その結果、こんなに美しいものを後世に残してくれました」

兄はイザベラを上から下へ眺め回した。私の兄は、女性とみると口説こうとする癖があった。ローマの男はみんなそうだ。イザベラは兄を疑いと期待の混じったような目で見つめた。ジョニーを見ると多くの人はこういう態度になる。兄にはそれを引き出す優しい目と、笑顔が備わっていたのだ。

「あなたは、夫の下でどんな仕事をしているのかしら？」

「私の仕事は、みなさんを幸せにすることですよ」

「あなたなんて、ただの若造じゃないの」

「もう三十歳です」

「一人前の男ってわけね」

「スタツィオーネ・ディ・ウツィオの仕事を手伝ってるんです」

ウツィオ駅の建設は公共事業――ミラノ‐ボローニ

ャ間を結ぶ鉄道建設だ——で、オルシーニはその委託契約を一手に握っていた。私はまだ知らなかったのだが、ジョニーはパオロの義理の弟がやっていた仕事を引き継ぎ、建築会社間をつなぐ非正規の調停係を務めていた——むろん、このような業者にはそれぞれの損得勘定があるものだ——彼はナポリでの仕事の経験からそういった人々とのつながりを持ったらしい。その義理の弟のほうは、仕事を任せてはみたが頼りにならず、おまけに自分の利得ばかりにあくせくしたのだという。それに対し、人の知らない裏の手を使うことのできるジョニーは、この仕事に適任だった。

「これは私の妹です」兄は言った。「美人でしょう？」

イザベラは手を伸ばして私の頰に触れた。その情愛たっぷりともいえる仕草を受け、私は子どものような気分になった。私のまえに彼女の美しい顔があった——頰のほくろ、鋳型で作ったような唇、アーモンド型の目。

「この人があの詩人さんね？」

彼女は私をからかっている——ただし、突き放した感じではない、と思った。彼女だって、つまらない広告の仕事をさんざんやってきたのだ。

「本当にやりたいことは別にあるんです」

そんなことを言うべきではなかったのかもしれない。テキサスを出るときに望んだことはただひとつ、逃げ出すことだった。そして、別の誰かになれるかもしれない、という淡い期待。それが誰だったのか、いまとなっては……

私は視線をイザベラに戻した。

「あのモークとかいうイギリスの監督——出演者を探しているそうよ」イザベラが言った。

「知ってます」私は遠慮がちに言った。そのとき思った——あるいは、ずっとそう思っていたのかもしれないが——イザベラは彼に口を利ける立場にいるのかもしれない——もしかすると彼女は私のなかに自分に似た部分を感じていて、私が今夜ここに来た理由もそれなのではないか、兄がオルシーニに私を紹介した理由もそうだったのではないだろうか。

「だけど、モークのことは忘れたほうがいいわ」

「えっ?」

「あなたのほうが彼の求めている役に歳は近いけど、彼があなたを選ぶことは決してないからよ」

彼女はそこでことばを切った。

「あなたのことばのアクセントではね」彼女が間を空けたのは、効果を狙って意図的にしたもののように感じた。「これはアメリカのテレビドラマだから。アメリカ人は、ローマ人がイギリスのアクセントで話すのを好むのよ」

私は顔がまっ赤になるのを感じた。穴があったら入りたい気分だった。これこそが、彼女が狙っていたことなのだ。イザベラが私と話をした理由——それは、私をこんなふうにさっと切り捨てるためだったのだ。

「失礼するわ」彼女は言った。

彼女がパオロのところに戻り、夫婦そろってゲストの輪に入っていくのが見えた。彼の手が妻に伸び、そのからだを撫で回す。別に他意のある仕草ではない、そう私は自分に言い聞かせた。彼は妻を触りながらも、ちらりと私に視線を送ってきた。

連れ添うイザベラとパオロの姿はとても優雅で、実に美しかった。私の心に嫉妬心が湧き起こった。絶望感も感じていた。自分がずっと求めていたものが何かやっとわかったその瞬間に、それが指のあいだをすり抜けていってしまったのだ。パオロとイザベラは例の監督と話をしている。イザベラは魅力的だった。両手を腰に添え、笑うたびに顔が輝いている。その瞳はきらきらしていた。

6

殺人というものには儀式のような側面があり、予測可能な部分がある。むろん、いつもそうとはかぎらない。人間の性質には無限のヴァリエーションがあり、複雑で、そのため予想のつかない変数が常にあるからだ。これは、あとになってロサンジェルス市警殺人課の女刑事——中国人とアングロ・サクソンの血が混じったアメリカ人で、ダーク・ブルーのスーツをすっきりと着こなしていた——が教えてくれたことで、彼女はこういったことの専門家だった。彼女によると、殺人という行為に喜びを感じる人間にはあるパターン、つまり署名的な行動というものがあるのだという。多くの場合、その行動は表に現れていて、どの犠牲者にも認めることができる。死体損壊、頭部への打撃、事故に見せかけた殺人、窒息死、毒殺、心臓に突き立てたナイフ。ただし、表面上、死因が異なっていることもある。殺人者が犯罪手口《モーダス・オペランディ》を意図的に変えたり、現場の状況に応じて変更したりするからだ。刑事は隠された共通点やつながり、動機を捜し出す。あるいは、知らないふりをして独りほくそ笑んでいる共犯者を。または、カネをもらって人を殺すプロの殺人者を。だが、たとえピースがぜんぶ嵌《は》まったとしても——つまり、すべての証拠がきれいに揃っても——捜査が失敗に終わることがある。警察だって人間である以上、盲点がある、そう彼女は話してくれた。それに、警察の目を眩ませる何らかの力や、プレッシャーが加わることもある。人間は、見たいものだけを見てしまうのだ。

7

　その夜は蒸発して気体となり、消え去っていくように感じられた。部屋の向こうではオルシーニが客と話をしている。彼の動くさま、しゃべる様子を見ていると、彼が私をじっと見つめ返してきた。何のてらいもなく、あからさまに。張りぐるみの椅子で、スカートの下に足をたたんで坐る私を。イザベラはパーティ会場からいなくなっていた。フランクはまだ隣の部屋にいて、競馬のオッズや競走馬の話に夢中になっている。

　私の隣には兄がいた。彼はかなり酔っていた。彼はときどきそうするように私の髪の毛をもてあそんでいて、私は彼の肩に頭を載せていた。イザベラからの仕打ちにまだ心は痛んでいたが、シャンパンとビアジョ

ッティのブラウスの心地よい感触に癒やしを感じていた。生地が部屋の明かりを反射するさまも素敵だった。隣の部屋でフランクがグリーンのドレスを着た赤毛の女と話し込んでいる様子がちらりと見え、そばでオルシーニが取り巻きたちと交わしている会話の断片が聞こえた。男たちは、二階に行ってカードをしようと仲間を募っていた。

　兄が赤毛女を顎で指した。

「フランクは大もてのようだ」

「そのようね」

「あれは金持ちの未亡人だ」

「そうは見えないけど」

「金持ちなのはまちがいない。あの宝石を見てみろよ」

「自分のおカネじゃないかもよ」

「きみの旦那にご執心らしい」

　赤毛は私よりは年上だったが、まだまだ若い女だっ

た。ドレスの色に合わせたパンプスを履いている。この女がアメリカのギャングの孫といっしょにいるのを、ちょっとまえに見た覚えがある。

オルシーニは階段の踊り場に上がっていた。

「おまえ、顔が赤いぞ」兄が言った。

「そんなはずない」

「ビートみたいにまっ赤だ。なぜだと思う？」

「見当もつかないわ」

兄は、夫の気を惹こうとしている赤毛をもう一度指した。「認めたくないんだろうけど、おまえにもそんな感情があったってことさ。嫉妬が顔に表われたんだ」

「もういいかげんにして」

「痛いところを突かれたんだろ」

「バカなこと言わないで」

もし私の顔が赤いのなら、それはシャンパンのせいだろう。そう私は自分に言い聞かせた。それとも、部屋が暑すぎるのか。それとも、オルシーニが踊り場から私を見つめているからか。

「旦那にはあんまり腹を立てちゃいけないぞ。あいつはおれの忠告に従って、ある作戦を実行中なんだから」

「何よ、その作戦って？」

「今夜はあまりきみのそばにはいなかっただろ？」

「ちゃんと話したわ」

「おれが言い含めたんだ。いくつかアドバイスもあげた」

「彼に何か余計なことを吹き込んだのね」

「男には、わかっていることでも、ときどき念押しをしてくれる誰かが必要なのさ。女ってのは、自分のものにならないとわかると、急に欲しくなる習性がある」

「そんなの、女だけじゃないわ」

「そのとおり。元老院議員だってそうだ」

「なら、兄さんは？」私は訊いた。「兄さんは何が欲しいの？」

兄は答えなかったが、彼のことはよくわかっていた。若いころ、ジョニーは自分の友だちを連れてきては私にデートの相手をさせた。私のほうも、年上の男の子にちやほやされるのは嫌いではなかった。ジョニーにとって、これは金持ち連中の仲間に入れてもらい、ちょっとした恩恵に与《あず》かるための手口だった。夜の外出に使う車、上着、週末にガルヴェストン島の別荘、そんなものを貸してもらったりするのだ。ほとんどの場合、こういった青年たちとつきあっても楽しいと思う時間は長くはなく、兄はその様子を面白がっていた。振ったあとも気をもたせるような振る舞いをつづけ、思いつめた彼らがどんどん不機嫌になっていくのを見ていると、ついには兄も彼らとは二度と連絡を取ることがなくなる。あのダラスの青年もそのなかのひとりだった。

「フランクには、今夜はここに泊まったらいい、と言ってある。夜通し、カードで遊んだらいい、ってね」

「私はどうすればいいのよ？」

兄は顔を寄せた。

「議員がね……」

「彼がなに？」

「おれといっしょに来い」

彼はまた私にウィンクをした――そして、子どものころと同じような笑顔を浮かべた――母は男とどこかに出かけてしまって家には二人だけ、そんなときによく見た笑顔だ。私たちが立ち上がるところをフランクが見ていた。夫とは反対方向にある廊下に出た――オルシーニのいるところからも離れている。兄は秘密の会話でもするように私と腕を組み、なかば囁きぎみに、曖昧な言い回しで議員もじきにカード遊びを切り上げるはずだと言った。客たちには、あとはきみたちだけでつづけてくれ、とでも言って部屋を出る。そして、彼自身は別のところへ……

「この邸には部屋がいくつもある。もちろん、来客用の寝室もね。それに、ただのんびりするための部屋も。ヴェルヴェットのカウチがある部屋もある。客がどれだけ来ようが、容易にプライヴァシーを保てるのさ」

「でも、イザベラは？」

「彼女ならとっくにお部屋にお帰りさ」

すんなりとは理解しがたい行為だった――自分のパーティから消えてしまうなんて。そのとき、廊下の端にフランクが現われた。それは長い廊下で、明かりは暗かった。私は腕を引っ張る兄に抵抗することなくついていき、廊下の先に進んで角を曲がり、客間のひとつに入った。兄は私の両肩をつかんだ。彼の顔に、まえにも見たこのある表情が浮かんでいた――少年のような、有無を言わさぬ表情。目が輝いている。

「いったい何なのよ？」私は言った。「何が言いたいの？」

フランクの足音が聞こえた。さっきより近くにいる。

急にいたずら心が湧いたように――子どもに戻ってふざけ合うかのように――私はジョニーにされるがまま客間のクローゼットに押し込められた。そこには客たちのコートが掛かっていて、フェイク・ファーや革、香水の染み込んだシルクのエロティックな香りが私を包んだ。彼は扉を閉め、暗闇にうずくまる私を独りぼっちにした。シャンパンのせいで目《め》眩《まい》がした。ハンガーパイプに手を伸ばすと、フランクの声が聞こえてきた。

「彼女はどこだ？」

「誰のこと？」

「おれの妻だ」

「洗面所に行ってるよ」兄は答えた。「それと、タクシーを呼びに」

彼がそんな言い訳をいま考えついたのか、あるいはあらかじめ用意していたのかはわからない――だが、兄にはこういうゲームを楽しむ癖があった。二人のあいだに入り、即興芝居を打つのだ。

「妹はやきもちを焼いてたぞ」ジョニーが言った。

「どうして?」

「あいつはいつも自分が中心でいたいんだよ。知ってるだろ」

「カードに誘われたよ」

「なら、行ったらいい。妹は勝手にすねさせておけばいいさ」

クローゼットから飛びだし、このくだらないゲームを終わらせようかと思った。が、そのとき、カンポ広場脇のあの小さくて暑いアパートメントが目に浮かんだ。イタリア特有の閉所恐怖症的な狭さのなかに、ガラクタが散らばっているさまが。壁には本が並んでいる。かび臭い本ばかりで、表紙の内側で紙が朽ちそうになっている。モラヴィアに、カミュに、ヒッポのアウグスティヌスの『聖アウグスティヌスの告白』。読んだ本も途中でやめた本もあるが、古すぎて背表紙も腐りかけているような本に囲まれたあのベッドに寝ることを考えると……

「なあ、わかるだろ」ジョニーが言った。

「いや、わからないね」

「いいか、秘訣は妹につれなくすることだ。そうすれば、あいつは進んで自分を開いてくるようになる」

「開くって、誰にだ?」

フランクは酔っていた。その声の響き方は、まるでクローゼットのなかから聞こえてくるようだった。すると、扉がドスンと音を立てた。思わずびくっとしたが、それは兄がことばを強調するために叩いたのだった。

「我が忠告を聞くならば」彼は言った。「そなたはウミガメの羽根をたっぷり詰めたベッドに寝ることができるであろう」

兄は詩でも読むように声を上げていた。子どものころ、母は兄を無理やりに演劇のクラスに押し込んだ。兄には物まねの才能があった——古めかしい口調はお手のものだ。

「それは誰の引用だ？」

「ほかの誰でもない。我自身のことばだ」

「この嘘つきめ」

「我に耳を傾けよ、さればそなたは愛を得るであろう。バラの花に埋もれたガチョウのように、かぐわしいベッドで悦楽を味わうであろう」

「笑えるな」

「あるいは、油にまみれたブタのように」

「ひとつ目のほうがいいな。だけど、おまえはおれに話しかけてるのか？　それとも、クローゼットにか？」

「どういう意味だ？」

「だって変じゃないか、そんなに扉のそばに立って」

「コートに話しかけてるのさ」彼は言った。「見てみたいか？」

　私は、兄が扉を開け、クローゼットのなかでバカみたいにうずくまっている私を彼に見せてしまうのではないかと思った。イタズラ好きの兄ならいかにもしそうなことだ。

「怖じ気づいたのか？」

「いや」

「心配するな」兄が言った。「あいつらは金持ちだ。掃いて捨てるほどのカネを持ってる。カードをしたいなら、してきたらいい。ヴィッキーの機嫌もそのうち直るさ」

　兄が何を画策しているのかがわかった、と思った。私からフランクを遠ざけようとしているのだ——私とオルシーニを近づけるために。そんな計画は、私がこのクローゼットから出ていけば簡単に阻止できたはずだった。が、踊り場から私を見下ろすパオロの黒い瞳が思い浮かんだ。結局、兄とフランク・パリスが話し終わるまで私はそこに隠れていて、いなくなってから長い廊下を歩いてパーティの部屋に戻った。オルシーニとまだ残っていた客たちが部屋に入る私に目を向けた。彼のそばに行くまえに兄が私の腕を取り、人に聞こえないように何かを言った。木の門。ヴィコロ・デル・ガッロ通り。〝あとで来るんだ、おれがなかに入れてやる〟兄はまるで腹話術師のようにそのことばを言った。口をほとんど動かさずに。〝ヴィコロ・デル・ガッロの木の門〟それから、みんなに聞こえるような普通の声に戻した。

「タクシーが来たぞ」ジョニーが私に言った。

私はフランクの表情を読もうとした。

「ほら、タクシーだよ」ジョニーがまた言った。

フランクの顔は、そのつぶれた鼻も皮肉屋っぽい笑みもいつもと変わらず、手にはウイスキーのグラスがあった。

「あなたもいっしょに帰る？」私は彼に訊いた。

フランクは顔を下に向け、ウイスキーのグラスを見つめた。彼の気持ちは手に取るようにわかった。私と帰りたいのはやまやまだが、カード・ゲームの誘惑には抗しがたい。それに、ウイスキーにも、もしかするとあの赤毛女にも心を惹かれていたのかもしれない。彼はすでにカードに参加する約束をしていて、いまさらやめるという選択肢はなかった。赤毛女が笑顔を浮かべ、アメリカのギャングの孫ジミー・ルチアーノも笑みを見せた。女の宝石は、彼が買い与えたものに違いない。この男が自分の所有するいかなるものも手放すつもりがないこともまちがいなかった。

私はフランクにキスをし、部屋を出た。

外に出たが、待っているタクシーなどなかった。兄が言っていた門を見つけることもできなかった。

8

ひとりで外に出るなんてことはすべきでなかった。ローマでは、外国人は簡単に道に迷ってしまう。しかもそれが夜で、歴史の古い地区ならなおさらだ。オルシーニの邸のあるモンテ・ジョルダーノは、キリストの時代に人の手で土を積み上げて作った古くからの丘で、その街並みは狭い路地や灰色の壁がつづく迷路のようになっている。何世代にもわたって改築が繰り返されていて、日中ならばみやげ物屋などが並んでいるが、その戸もいまは固く閉ざされている。古い邸宅や老朽化した住宅の壁がひしめき合うように並んでいる。門はまだ見つからない。

来た道を戻ってオルシーニの邸に引き返し、パーティに戻ろうかとも思った——が、バツの悪い思いをするのはいやだった。しかたなく、コルソ・ヴィットリオ大通りまで何とかたどり着き、そこでタクシーを拾おうと考えた。

通りはいつの間にか路地になり、進むとさらに道幅が狭くなった。物陰を何かが走った。ローマの野良ネコの多さは有名で、古い建物の廃墟や路地、灌木の下、下水管のなか、壁のあいだなど、いたるところにネコがいる。だが、いまのはそれとは違っていた。動物はネコとは思えない甲高い声で小さく鳴き、灰色の光が差すところにその姿を現わした。それは一時かなり流行った、手提げのバッグに入るくらいに小さな小型犬だった。ぎょろ目のイヌには首輪もなく、腹をすかせているようだった。迷子になったのか、それとも、道端でよく血統書のないイヌを売っているような行商人が捨てていったのだろうか。私は仲良くしてやろうと小さなイヌに優しく呼びかけたが、それがイヌをさらに興奮させてしまった。私は先を急ぐことにした。だが、イヌは相変わらずキャンキャン吠えている。その声に負けて近づいていくと、イヌは歯を剝き出し、胸を膨らませて吠えまくり、石畳に爪の音を立ててあとずさった。私は足を速めて歩き出した。イヌは、こんどは私のあとについてきて踵にぶつかってきた——かと思うと突然静かになり、路上に転がるゴミに注意を向けだした。

路地の先はまっ暗だった。

私は完全に道に迷っていた。

散々歩いた挙げ句、かすかに明かりの見える広場が目に入り、人々の話し声が聞こえてきた。話し声が急にやんだ。テーブルに二人の男がいる。私は一瞬、足を止めた。こんな場所、時間に女がひとりで歩いていて、しかもこんな服を着て石畳にハイヒールの靴音を立てて歩いているとなれば、男たちがどんなふうに思うかはわかっていたからだ。

小さな広場には教会があった——すると偶然だろうか、ここにもイヌがいた。さっきの人懐っこいイヌよりは少し大きく、柱のうしろを嗅ぎ回っている。

私は道を尋ねた。

男たちはぽかんとした顔で、ただ私を見つめた。

「パーティからの帰りなんです。オルシーニ議員のお邸《やしき》から」

その名前を言うときに語調を強めたのは、そうすれば少しは身の守りになると思ったからだった。だが、それを言い終わったとたんに、自分がとんでもないまちがいを犯してしまったことに気がついた。男たちの態度、姿勢が妙に変化したのだ。月が冷たい光を男たちの顔に注いでいる。手前側にいるのは極端に痩せたマリオネットのような男だった。もうひとりの奥にいる男は、椅子の脚を浮かせて壁にもたれかかっていて……額が広く……髪の毛は撫でつけてあり……口をだらしなく開けた、笑みとはいえない笑み……

かすかな光のなかだが、彼が誰かがわかった。

私はぎこちなく笑った。笑ったのは怖かったから、まちがいであってくれと願ったからだった。よりによってこんな偶然があるのか――こんなところでイザベラのボディガード、ロドヴィーコに出くわすとは……

さっきの小さなイヌがまた現われ、教会の正面階段を駆け上った。私には一瞥もくれずにもう一匹のイヌのところに行き、挨拶代わりに相手の股に鼻を押しつけた。二匹のイヌは鼻をくんくんさせながら教会の壁に沿って歩いていった。

「パーティからお帰りか」

彼は威圧するような口調でそう言うと、もうひとりの男は椅子のなかでからだを動かし、金属の脚が石畳を擦って嫌な音を立てた。男たちのうしろのドアは開け放しになっていて、そこから淡い光が漏れている。最初はカフェか何かかと思っていたが、なかの散らかりようが目に入り、実は建物の管理人が住むただの一階の部屋だとわかった。かまどやほうきも見える。

「これから逢い引きかな？」

私は黙っていた。こんなふうに彼にまた出くわすなんて不愉快極まりないことだが、いったいどうしてこうなったのか考えを巡らせてみた。もしかすると、彼はここに住んでいるのかもしれない。あるいは、友だちと一杯やりに、あるいはメシを食いに訪ねてきたのかもしれない。偶然以外に考えようはなかったが、それでも安心はできなかった。もうひとりの男――ひょろっとしたマリオネット男は、シャツのボタンをいちばん上まで留めている――には、最初のうち、それほどの危険を感じなかった。だが、彼がそのイタリア男特有の好色そうな目で私を上から下まで眺め回す様子を目にすると、安心してはいられなかった。二人がしゃべっているのは、私が完全には理解できない南の方言だったが、私について話していることはわかった。ほぼまちがいなく聞こえてきたのは、私の名前が汚いことばとともに口にされたこと、私とパオロ・オルシーニの名前が出ると酔った含み笑いが起きたこと、そして、兄の名前のあとに〝ホモ野郎〟とか〝ヒモ〟ということばがつづいたことだった。

「あんたたちが話していることはぜんぶわかってるわ」私は言った。男たちは口を閉じた。それは嘘だったが、彼らにわかるわけはなかった。「あんたが誰かも知ってるわ」

遠くにコルソ・ヴィットリオの喧騒が聞こえた。近くから聞こえるのは、教会のまわりを嗅ぎ回る二匹のイヌの声。

「こっちに来い」ボディガードが言った。

「あんた、ロドヴィーコね」

彼は私に罵声を浴びせた。最初はイタリア語で。次に英語で。

「おまえは売女だ」彼は言った。「おまえも、おまえの兄貴も、どっちも売女だ」

私も彼に英語のよくある悪態を返してやった。

ロドヴィーコが立ち上がった瞬間、私は足を滑らせてしまった。そんな失態が私を救ってくれたのかもしれない。イヌたちが急に吠えだし、こちらに近づこうとしていた男たちの足を止めたのだ。二人は声を上げて笑った。私はよろよろと立ち上がり、それを見て彼らはさらに笑い、私にいやらしいことばをぶつけた。イヌたちも彼ら独特のやりかたで私を笑った——遠吠えしたり、鳴いたり、私の踵に歯を立てようとしたりして——しまいには二階の窓が開き、男の怒鳴り声が響いた。あっという間にあたりは静かになった。

私は足早に路地に入っていった。足を止め、追ってくる足音が聞こえないかどうか耳を澄ませたが、聞こえるのは自分の心臓の音だけだった。自分がどこにいるのか見当もつかなかった。まわりの景色にはまったく見覚えがない。そのとき、レンガ壁に刻まれた通りの名前が、角に灯る小さな街灯に照らされているのが目に入った。

ヴィコロ・デル・ガッロ

だいぶ遠回りをした結果、私は元いたところに戻っていた。すぐそばに議員の邸があり、もう一方にはさっき歩いた路地があり、こちらに進むと、カーヴした小道の先に門があった。兄が言っていたとおり、鍵は掛かっていなかった。ジョニーは、先ほどイザベラといっしょにいたところからそう遠くない、庭のベンチに坐って待っていた。邸の上階からは、カードをしている男たちの声が聞こえる。道に迷っていたのは思ったほど長い時間ではないようだ。

「イヌどもめ」私は吐き捨てるように言った。

「上にいる人たちのことか？」

「あいつらもそうだけど、私が言ったのはそういう意味じゃないわ」

私は兄に、ロドヴィーコに出くわしたことを話した。兄は心配するなと言った。あの男は仲間とともにこの近くに住んでいるのだが、それももう長いことでない、と。古い事件が最近になって明るみに出て、まもなく彼に逮捕状が出ることになるという。「奴は犯行を否定するだろう……誰か別の人物がやったとか言ってね」ジョニーは言った。「だけど所詮、無駄なことだ……イタリアって国はほんとに腐ってる……きっと彼を雇った連中が……奴を助けて、逮捕されるまえに国外逃亡することになるだろうね」

「あいつ、何をやったの？」

「まえの雇い主を殺したのさ」ジョニーが答えた。

「かなりの大物だったらしい。パレルモの自宅の寝室でだ……奴はその人のライヴァルから報酬を受け取っていたらしい……そうやって警護の網をかいくぐったんだ……」

「オルシーニはそのことを知ってたのかしら？」

「雇ったときには知らなかった」

「イザベラは？」

「あの女のことなんか心配するな。彼女は自分のことは自分でできる女だ」ジョニーは言った。彼はここで何か躊躇する素振りを見せた。「彼女が寝ている部屋を見てみたいか？」

兄の意図が読めなかった。上階からはゲームに興じる男たちの笑い声が聞こえた。夫の声はひときわ高かった。うれしそうな笑いではない。

「負けてるみたいね」私は言った。

「震えているね」

「外で……あいつらに出くわしたりしたから……」

ジョニーは私を慰めるように優しく肩を抱き、園亭の下を庭の反対側にある石造りの建物に私を連れていった。

9

その昔、この建物は邸の厨房だった。そのころは壁の内側の建物はもっと少なく、いまでは花壇になっているあたりをブタやらニワトリやらが走り回り、小屋のなかに連れてこられては石の板の上で屠畜されていた。その後しばらくして屠畜場兼厨房だった小屋は改築されて召使いの住居になり、その後にまた改築され、ルネッサンス時代の教皇のひとりが産ませた私生児の娘の居室になったりもした。そんな歴史があるわりには、内装は居心地のいい寝室になっていて、ブラインドのついた窓からは庭が見渡せた。カードをする男たちの声はまだ聞こえるが、その音はかなり遠かった。

兄はブラインドを下ろした。

部屋にはシャンパンが用意してあった。それに、コカインも少し。

「私を誘惑する気？」

それは兄だけに通じるジョークだった。彼は私の肩に頭を載せた。私たち二人は子どものころから小さな家でいっしょに過ごし、同じ部屋で寝ることもしばしばだった。母親は外出がちだったため――いつも違う男といっしょに――私たちは二人でその寂しさを紛らわすようになった。

「ここがイザベラの部屋なのね？」

「ローマに来るときには、ときどきここを使うらしい」

「パオロとはいっしょに寝ないの？」

兄は肩をすくめた。「人が何をするかなんてわからないよ。彼女はホテルにスイートルームも持ってる。奇遇というべきか、例のイギリスの監督も同じホテルに泊まってるそうだ」

「彼女のほうがだいぶ年上じゃない」

「歳なんて関係ないのさ」

「彼女、あの役を狙ってるのよ。だから、私にあんな態度を取ったんだわ」私は部屋のなかをじっくりと眺め回した。「これも彼女のもの？」

私は籐椅子の横に置いてあった箱を手にしていた。なかには高価な化粧道具が入った宝石を散りばめた化粧箱が入っている。兄はまた、彼独特の軽い身のこなしで肩をすくめた。「そんなもの、あの女にとってたいした価値はないんだ。彼女の行く先々に、それ以上のものがごろごろしてるんだからね。もしなかったとしても、取りに行かせる人間はいくらでもいるし」

この部屋のクローゼットにある衣装もごく一部で、母屋の上階の部屋にはもっとあるという。さらに、フィレンツェの家にも。

「彼女のような女性にとっては、毎日の生活が写真撮影みたいなものなんだ――好むと好まざるとにかかわらずね。二、三日後にはどこかの香水のプロモーションの仕事でニューヨークに飛ぶらしい」

　すぐそばのハンガーに、ブラウスとヴェルヴェット地のパンツが掛かっていた。彼女が先ほどのパーティで着ていた服だ。鏡のまえで着替えをする彼女の姿を、そのからだを想像した。私の母があのくらいの歳だったころと同じような、肉感的なからだを。私はブラウスを手に取り、その繊細なステッチ使いを確かめ、高価な生地に鼻を埋めてイザベラの香りを嗅いだ。

　イザベラの服の趣味はさすがで、ラベルを見ても彼女が相当の時間をかけてミラノで服を選んでいることがわかる。なかでも私の目を惹くものがあった。とてもシンプルなシフト・ドレスで、彼女が若いころに出た映画で着ていたものとほぼ同じ形のものだった——誰もが見たことのあるその映画で彼女が演じたのは、芸術の才能に恵まれた若い放浪者の役で、地方の町や村を渡り歩くうちに次から次へといろいろな男に騙されていき、その危機を脱していくたびにそのドレスも擦り切れていくのだが、最後には路傍で凍え死んでしまうのだ。

「これ、オリジナルのはずはないわよね」

「同じドレスを何着も作ったのさ。映画の作りかたは知ってるだろ。ストーリーの順番どおりに撮るわけじゃない——だから、このドレスもひとつだけじゃなかった。この一着はチネチッタ・スタジオの衣装室にぶら下がってたらしい」

「どのくらい？」

「つい最近になって彼女に贈呈されたんだ。映画の再上映を祝うセレモニーがあってね。だけど、彼女のからだのほうが、わかるだろ、同じじゃなかった」

「豊満になったのね」

「背中のジッパーが上がらなかったらしい」

　私は鏡のまえでドレスを自分のからだに当ててみた。私が着たらちょうどいいだろうと思われた。何年もまえイザベラがそうしたように、私なら着こなせる、と。

「着てみろよ」

「いやよ」

「どうして」

「もう行かなくちゃ。どこかでタクシーを……」

「そのドレス、おまえによく似合うと思うよ」

「これはイザベラのものよ」

「あのころの彼女は、いまのおまえほどきれいじゃなかった。このあいだこれを着てみたときも、少々衣装負けして見えたよ。だけど、おまえなら……」

「家に帰らないと」

「もう夜もだいぶ遅い――いまからタクシーをつかまえるなんて……」

「もし彼女が戻ってきたら……」

　人生というものには、決定的な瞬間が訪れるものなのだと思う……右に行くか、左に行くかの決断を迫られるときが……その決断を決めるのがその人の本質的な何かか、その場の状況か、あるいは運命か、私には見当すらつかない……が、きっとそうなのだと思う。もしイザベラがパーティで私にもっと親切に接してくれていたなら……もしフランク・パリスがあんな態度をとらなければ……もしあの夜の通りで鳴くイヌがいなかったら……もし広場でよく知らない男たちから悪意のこもったことばを浴びせられなければ……

　兄が私の腕に触れた。

「着てみろよ」

　ドレスは、確かに私に似合いそうだった。私は兄の見ているまえでブラウスを脱ぎ、ブラ一枚の姿でしばらく手を止めた。それから、ドレスを頭からするりと身にまとった。ジョニーはシャンパンをグラスに注いだ。

　鏡に映る自分を見つめた。派手さを抑えたシンプルなシフト・ドレスで、ウェストの部分が少しくびれている。それを着た私はより幼く、より純真で、少年のようにも見えた。

兄は小瓶を手に取り、ランプスタンドの横に白い粉の線を二本作った。

「おまえの分だ」

「悪い見本を示したくないわ」

「だったら、その仕事は引き受けた。さあ、悪い見本を示すぞ」兄は、コカインをまえにした者がすることをした。

「明かりを暗くしてくれ」彼は言った。

私はドレスがすっかり気に入っていた。柔らかく、とても薄手の生地でできていて、鏡のなかの自分をいくら見ても見飽きることがなかった。兄もその姿を見て喜んでいた。そのむかし、母の服を着てみせる私を、兄はいまと同じように眺めたものだ。有名なドレスを身につけてベッドの端に坐り、脚を組んでポーズをとる私を、兄はドアのそばに立って見つめていた。私は、兄がスタンドの横に並べ直した粉の線に顔を近づけ、鼻から吸った。ベッドに横になり、自分のからだに指を這わせ、温かい明かりの下で昂ぶる神経を感じた。シャンパンとコカインの効果は実に心地よかった。その瞬間を、内側から感じると同時に外側からも感じるような感覚を覚えていた。ベッドの上で自分のからだが光り輝いているかのように感じた。

兄もこちらに来て、私たちはベッドの上で肩を寄せ合い、背中をヘッドボードにつけて坐った。

「おれたちは孤児だ」彼は言った。

「そうよ」

「恵まれた境遇とはいえない」

「もっとひどい境遇の人もいるわ」

「おれたちは助け合わないといけない」

「私なら大丈夫よ」

「フランク・パリスといっしょでか？」兄は鼻で笑った。「奴が死んだら、いったいどのくらいのカネを遺《のこ》してくれると思うんだ？」

「彼には遺産があるわ」

「そのうちいくらおまえに遺るんだ？」

兄の携帯が鳴った。彼は画面上の通知に目を落とした。「オルシーニから？」私は訊いた。ジョニーは答えなかった。私たちはそうやってベッドに坐り、庭に響くカードに興じる男たちの笑い声に耳を傾けていた。

「おれたちは、絶対に足蹴にされたりはしない」

兄が誰のことを言っているのかはよくわからなかったが、このことばは彼がよく口にするもので、その気持ちだけはわかった。二人は同じ家で生まれ育ったのだ。

「誰にでも足かせはあるものよ、人によってその形は違うけどね」

「おまえがそれでいいっていうなら、別にいいさ、だけどおれは……」彼はその黒い瞳を私に向けた。「おれたちはもっと高いところに昇らなきゃならない」

「どうやったらそんなことができるっていうの？」

「オルシーニはおまえに夢中だ」

「彼には奥さんがいるわ。私には夫が」

「結婚なんてのは、一生のものじゃない」

兄の携帯がまた鳴った。今回は、誰からかなどと訊きはしなかった――答えはわかっていたから。彼は部屋を出ていった。薄暗い部屋のなか、私は兄がいなくなったあともベッドに横たわっていた。ドラッグの効果は薄れつつあり、私はあのコカイン特有のかすかな焦燥感が湧き上がってくるのを感じていた。だが、それだけではない。別の種類の飢餓感も感じていた。パーティに出かけ、その夜の出来事が頭のなかを駆け巡り、だが自分のなかにまだ満足感を得られていない部分がある、そんな感覚。断片的な意識のなか、どれくらいの時間そうしていたのかはわからないが、私はそんな夢遊病者のような状態にいた。決して不快な感覚ではなかった。パオロが建物のドアを開けて入ってきたときも、私はそうした半意識の状態でベッドに寝ていた。彼が入ってきたのを見てもびっくりしなかったし、イザベラのドレスを身につけた私を見た彼にも驚いた様子はなかった。

　二人はひと言もしゃべらなかった。

彼はドレスの下に手を入れ、上に引き上げた。途中で一度手を止め、そしてまた引き上げると、私の顔にドレスの生地がかかった状態になった。ガーゼのように薄い生地をあいだに挟み、彼は私にキスをした。私は目を閉じ、背中を反らせた。フランク・パリスはまだ邸のどこかにいるはずだが、私は彼も、ほかのいっさいがっさいも頭から追い出し、そこにあるのはパオロと私と、イザベラのドレスだけになった。そうして、そのごく短い時間、私たちはキャンヴァス上の人のようになり、白い画面を背景に暗闇のなかで宙ぶらりんになった。

10

　愛を交わしたあと、私は両手両脚を広げて横たわり、彼はその横で片腕を私の腰に回していた。ドレスはベッドの足下に落ちている。

「私《ミ》を愛《ア》しているか《ミ》？」

　私は答えなかった。

　イタリアの男というのは、いつだってこんなバカなことを訊く。

　横になったまま、故郷の夢を見た。ショッピング・モールや、光溢れる広い通り。ブルージーンズが積み上がったテーブル。見渡す限りどこまでもつづく草原と、ソーダが入った巨大な黄色いカップが並ぶ光景。

　私は叫んだ。

叫んだらしい。というのは、パオロが私を抱きしめてくれたからだ。私たちはそうやって眠りについたが、朝になってドアの鍵を開ける音がした。別に驚くべきことではなかった。籐椅子の上には彼女の化粧箱があるのだし、クローゼットにも彼女の旅行カバンが置いてあるのだから。彼女は部屋のなかに入ってきた。ブラインドは下りていて、部屋のなかは暗い。パオロはベッドの上で起き上がり、私はバカみたいに枕に身を寄せた。

「イザベラ」パオロが口を開いた。

イザベラは何も言わなかった。彼女は化粧箱を手に取り、クローゼットに入っていった。なかを引っかき回して何かを捜している。私は先ほど見た夢の別の部分を思い出した。左右の手だ。誰かの両腕が地面から突き出てきて私の両脚をつかみ、下へ下へと引っ張っていく。黄色いカップの並ぶ世界へ引き戻そうとする。

クローゼットからイザベラが出てきた。

私はシーツの下でパオロの手を握った。彼は何かを言おうと口を開いたが、私は彼の指を強く握りしめた。何が起こるのかが怖かったのだ。はっと息を呑む音がし、イザベラが立ち止まった。彼女はこちらには目を向けなかった。そして、ドレスをまたいで部屋を出ていった。

「夫に言いつける気だわ」

「彼がまだ邸にいることなど、彼女は知らないよ」

「私を破滅させる気なんだわ」

「そんなことはしないさ」彼は言った。「彼女が破滅させたいのは、この私だ」

彼は私にキスをした。私はそのキスに応えた。

「だが、そのまえにニューヨークでの仕事がある。香水関係の撮影だ。《ヴァニティ・フェア》の特集記事に出るんだ」

「あなたも行くの？」

「行くことになっている」

私は先ほど見た夢のことを話した。私を引きずり込もうとする手のことを。

「心配するな」彼は言った。「きみの夫のことも。イザベラのことも」

「大丈夫なの？」

「ああ」彼は言った。「私がきみを守る」

私たちはまた愛し合った。まえよりもいっそう激しく。

その朝、私はまえの晩に道に迷った広場を通り、パンを売る女や、ぼろ切れを集めて作ったボールを蹴って遊んでいる子どもたちを横目に見ながら、歩いて家に帰った。昨夜に感じた恐怖や、ロドヴィーコのこと、バカなイヌたちのことも、遠い思い出のように感じられた。アパートメントに着くと、乱れた服装で階段を上がる私を見て、女家主が目を丸くした。フランク・パリスは、まだオルシーニ邸の来客用寝室ででも寝ているのだろう。

しばらくして、弱々しく、面目なさそうな様子でフランクが帰ってきた。

夫はてっきり私に叱られると思っていたようだが、私は反対にかいがいしく、従順な妻らしく振る舞った。彼がもっと我を通すようにすれば、きっと私はもっと夫に尽くすようになる、という兄のことばを、現実のものにしようとするかのように。

その日の夜、フランクはまたジョニーと出かけていった。兄の誘いだった――パーリオの前哨戦となるレースのオッズが変わったから、とかいうのがその理由だった。二人が家を出てほどなく、ドアをノックする者があった。

オルシーニだった。

彼は戸口の外で両膝をつき、私のスカートのなかに顔を埋めた。そして、両脚のあいだにキスをした。

「私の宝石」彼は言った。

階下で足音がし、階段を上ってくる女家主の頭がちらりと見えた。私はパオロを押し返そうとしたが、彼はずっと何かを呟きつづけ、私にキスをしてはまた何かを呟いた。自分は翌日の朝に妻とともにニューヨークに発たなくてはならないが、そのまえにどうしても会いたかった。私に触れたかった。私の肌を自分のからだに感じたかった。そんな内容だった。

私は彼を招き入れた。

イザベラが死んだのはその三日後だった。

第二部

11

兄と私は、人々の注目を集めやすい。それは私たちが幼いころからのことだ。二人の顔がよく似ているということもあるが、それ以外にも二人の仕草が似ていること、人目のあるところでもいつも私たちが仲良くくっつき合って坐っている様子も、その理由らしかった。幼いころ、母は私たちにおそろいの服を着せ、キスするいとこ同士のポーズをさせたりした。大きくなってからはさすがにそんなことはもうしなかったが、それでも二人の趣味趣向はよく似ていた。「みんな、おまえたちを見るのが好きなんだよ」母はよくそう言ったものだ。「なんてきれいな二人だろう、なんて仲のよい二人だろう、って思うのさ」そしていま、〈イル・ヴォルペ〉の錆びついた庇の下、同じことが起きているだけのことかもしれない。だが、イザベラの死、そして人々が口にする噂のことを考えると、穏やかな気持ちではいられない。それに、ウェイターはジョニーのことを見知っていた。ここにはオルシーニと何度も来たことがあったからだ。

「妹さんと双子だったとは知りませんでした」

「そう、いろんな意味でね」

「双子じゃないわ」私は言った。

〈イル・ヴォルペ〉のウェイターのほとんどは昔ながらのベテランが多く、サービスは行き届いているが、それ以上詮索するようなことはしない。この男はだいぶ若かった。

「お兄さんに聞きましたけど、小さな映画に出たことがあるとか」

「小さな映画ね、そうよ」

「モデルもしてるんですか？」

「たまにね」

「そういえば、バス停の看板で見たことがありますよ」

「いいえ」私は言った。「バス停の看板なんかの仕事はしないわ」

　それは事実ではなかった。いくつかのバス停の看板に出たことがある。濃いアイ・メイクをし、詩人の扮装で出た例の〈ラ・マルシェ〉の広告だ。私はタバコに火をつけ、彼のいるほうに煙を吐いた。アメリカと違い、ここではまだタバコが吸える。苛つく相手に煙を吐くことだってできるのだ――あるいは誘惑したいと思う相手にも。この男は、ただどこかへ行って欲しかった。

　まえにも言ったとおり、私はヘヴィ・スモーカーでは決してないが、あの邸での夜以来、吸いたいと思うことが多くなっていた。

「イザベラのことは残念でしたね、あんな悲劇的な最期を迎えるなんて」

「あの人のことはよく知らないのよ」

「彼女のお邸であったあの夜のパーティにはいらっしゃったんでしょ」ウェイターは意地の悪そうな笑みを浮かべた。「彼女がローマを発つまえに」

「他人のことには口を挟まないで欲しいわ」

　ウェイターはびっくりしたようだった。もしかすると、かれはただ言い寄ろうとしてきただけかもしれない。あるいは、ただ気に入られようとしただけかも。少しきつく言いすぎたと思ったが、同時に、どうしてこの男がパーティのことを知っているのかが気になった。兄が彼に話したとも考えられる。ジョニーはときどき口が軽すぎることがある。

「すみません、そんなつもりじゃ」ウェイターは言った。

「ええ、そうよね」

「あなたとパオロ・オルシーニの関係だって、ただのお友だちってことですよね」

　明らかな当てこすりだった。そのとき背筋に悪寒が走るのを感じなかったなら、もう一度この男に噛みついているところだった。パオロとベッドにいるところをイザベラに見られたときのことが頭に浮かび、ほかにも誰か知っている人間がいるのではないか、その結果どういうことになってしまうのか、と思ったのだ。

　私は内心の動揺を隠してメニューに目を走らせ、メニューの端から目だけ出して注文を言った――ウェイターが向ける視線に目を合わせても彼を見ず、そのむかし、わきまえずに言い寄ってきた男に母が向けたような、冷たい笑顔を浮かべて。

「生ハムのメロン載せ《メローネ・コン・プロシュート》」私は言った。「それと白ワイン《エ・ヴィーノ・ビアンコ》」

　私は顔を背け、そのあとは男の顔を見なかった。ウェイターが去ると、兄に目を向けた。

「おしゃべりが過ぎるんじゃない？」

「この街で噂を撒き散らしてるのはおれだけじゃない」

「いまはただでさえむずかしい状況なのよ」私は言った。「ウェイターとおしゃべりして、それをますます悪化させるなんてどうかしてるわ」

「無茶をしてるのはおまえのほうだ」

「そんな言いかたってある？」

「ここに来たのはそのためだろ？　今後のことを相談するために」兄は語気を荒らげた。「おれが喜んでおまえの逢い引きの手引きをしてるとでも思ってるのか？」こんな言い合いはいつもの二人らしくなかった。

「ごめん」兄は言った。「状況がむずかしいのはわかってるさ」兄の目が優しくなった。いかにもジョニーらしかった。兄は魅力的で優しい一面がある反面、その魅力の下にはある暗さがあり、ちょっとしたきっかけでその表情ががらりと変わることがある。そういうことは、ときとして誰にでも起こり得るものだ。とはいいながら、兄がいざとなったらどんなことをしてしまうか、という嫌な不安を感じた。私はそんな考えを頭の外に追いやった。イザベラが死んだのは五千マイルも離れた、大西洋の向こうの別の大陸でのことなのだ。

「いま、パオロは彼女の遺体をローマに返してもらうための手続きをしているところだ」兄は言った。「その合間には、ニューヨークの警察の聴取を受けたり、こっちの警察《カラビニエリ》と話したりもしている」

「彼女がどんな死に方だったか、いろんな噂を聞いたわ」

「そんな話をまともに受けちゃいけない」

「でも」

「心配するな」彼は言った。「パオロがおまえに会いたいと言ってる」

ウェイターが生ハムを巻いたメロンを持ってきた。それと、ブルスケッタとグラス・ワインも。そして、アドリア海で獲れた魚介のマリネ、セヴィチェ。彼はすっかり機嫌を損ねたようで、ひと言もしゃべらずに料理の皿を置いていった。しばらくすると新しい客がパティオに入ってきて、私たちのまわりが少しざわついた。パオロとイザベラの名前がつづけて呟かれるのが聞こえた。当然だろう。彼女の顔写真はありとあらゆるメディアに載っている。検視官の現場写真もよく見る。

イザベラは下着姿で、バスルームの床に倒れている。髪の毛は乱れ、絡まり合っている。まだら模様になった顔、ハート型の唇、長い睫毛。床に横たわるその姿はどこか扇情的ですらあった。脚を広げ、背中を反らせたその姿。

「かわいそうに」

「本当に」

「あんなに美しかった人が」

「少し年増だったけどね」

「まったくひどい話だ」

「あの最後の写真を見てもわかるわ。だいぶ太ってたわね。お尻のところ、見た？」

　イザベラは、セントラル・パークを見下ろすホテルの部屋で死んでいて、その遺体はまだ警察の手元にあり、ローマには戻ってきていない。事故の第一報が伝えたところによると、彼女はその夜をひとりで過ごしていて、現場の状況から睡眠薬を過剰に服用したものとみられた。こういうことは過去にもあり、常用癖があったらしい。ただ、この日ばかりは、彼女を助けられる者が誰もまわりにいなかった。イザベラは足を滑らせ、タイルで頭を打ってしまった。ホテルのメイドが朝になって彼女を発見したのだという。その夜、彼女がひとりでいたということがちょっとした混乱を惹き起こした――ホテルの部屋にはオルシーニもいっしょにチェックインしていたからだ。あとでわかったのは、オルシーニが、彼女が死亡するまえ、その日の昼過ぎの便でニューヨークを発っていて、その後、彼女がホテルのバーで男と夜遅くまで飲んでいる姿が目撃されている、ということだった。ウェイトレスの証言によると、彼女といっしょにいた男はかなり年下だったということだったが、その後このウェイトレスは証言内容を変えている。ホテルの防犯カメラの映像は消去されていた。それが人々の憶測を呼んだ。

「イザベラは天使じゃなかった」ジョニーが言った。

「どういうこと？」

「彼女は、自分が歳を取っていくのが嫌だった。それに、おまえも知ってるとおり、いつでも注目の的でいたかった」

「バーにいたっていう若い男って、誰かしら？」

「そんなのただの噂さ。だけど、ありそうな話だ」

「そう思う？」

「結婚生活がうまくいかなくなったのはパオロのせいだ、って人は責める——けど、いつも夫が悪いとは限らないんだ。おまえならわかるだろ」

「私なら、ね」

最初の毒物検査によれば、彼女の血中からはアルコールに混じってゾルピデムとヒドロコドンが検出された。ただし、直接の死因は薬物ではなく、転倒だった。かなり特殊な倒れ方をしたらしく、打ち所が悪かったとみられた。別の報告書によれば、彼女のからだには数多くの擦り傷、顔には挫傷が見られ、顎も砕けていた。こういった外傷は単なる転倒によって生じるものとは必ずしも一致しない、という見方もあった。

事故のあとの何日間かに、こういった情報がやたらと流れだした。そのうち正しい情報はどれで、タブロイド紙が話をおもしろおかしくするためにでっち上げたのはどれか、見極めるのはむずかしかった。

「兄さんの言うとおりだわ」私は言った。「無茶なことをしている場合じゃない」

「パオロに会いたくないのか？」

「会いたいわ。でも、会えない。少なくとも今日の午後は——」

兄は片手を上げて私の話を遮った。「わかってる」彼は言った。「フランクといっしょに伯父さんに会いに行くんだろ。ホワイティング枢機卿に。だけど、それまでにはまだ時間があるよな」

どうしてジョニーがそのことを知っているのか……そうか、きっとフランクから聞いたのだろう……フランクの伯父への訪問はあまり話したい話題ではなかったし、それはフランクも同じだったはずだ。私たち夫婦はいつもこの伯父への訪問を怖れていたが、行かないわけにはいかなかった。夫と同じようにホワイティング枢機卿も作家だったが、その題材はまったく違っていた。伯父が書く内容は宗教に関することや、カトリック教会が直面する危機についてだ。私たちが彼を訪ねる理由はこうだ……聖職者が個人的な資産を持つことは禁じられているが、親戚の遺産の管理を相続人に代わって引き受けるということは、場合によっては別に珍しくない。特に、そのカネが浄財として教会に戻ってくる見込みがあればなおさらだ――フランクの場合がまさにそうだった。ホワイティング枢機卿もそれに倣ってフランクが相続した遺産を管理し、分配金として定期的に手渡していた。これが夫の唯一のまともな収入源だったのだ。彼の両親が何年もまえに残した遺産はそうやって伯父の管理下に置かれ、徐々に残り少なくなっていた。

「だったら……」兄は言った。

　そのとき兄が私に向けた視線にどんな意味が含まれていたのか、私にはわからない。兄は私について、普通の兄妹なら知り得ないようなことでも知っている。それほどに親密な関係なのだ。昨日のことだった。兄はマスコミやオルシーニ家の雇い人の目を避けるようにして私をヴェスパに載せ、アッピア街道を走り、アウレリアヌス城壁のすぐ外に駐めた車に連れていった。車のなかでパオロが待っていた。この城壁はローマの旧市街の境界線になっていて、古代の人々はこの外側に死者を葬ったという。パオロと私はそうして墓石の陰に身を沈めた。その間、兄はずっとスクーターに坐って待っていた。

「彼はまた会いたいって言ってる」兄はなおも言った。「明日、フィレンツェに発つまえにどうしても、ってね。不動産のことでイザベラの家族に会わなきゃならないんだそうだ。フィレンツェにはしばらく滞在するらしい……いますぐ行けば、まだ時間はある……」

「そんなこと言われても」

　私は、トレリスに咲く花のあいだから漏れる陽の光や、そばで噴き上がる噴水の音、まわりの客がゴシップ話をする囁き声を感じた。そして、通りを行く人々の足音、バスの排気音、ローマの街の喧騒すべてを感じていた。目を閉じた。テーブル越しに腕を伸した兄が私の手を握るのを感じる。断固とした態度を取るべきだったが、そうはしなかった。私はすでに彼の背中を抱いてスクーターに乗っていて、暗闇のなかを疾走していた。両脚のあいだが湿ってくるのを感じる。墓石の陰に身を沈める自分が見える。口から漏れる呻き声が聞こえ、その後、私はスカートから草を払い落とすのだ。

12

ホワイティング枢機卿はかなりの老人で、何歳なのかもわからないくらいだった。いまでは自宅のアパートメントから出ることも少なく、一日のほとんどをテレビのまえで過ごしている。フランクと私もいっしょにテレビのまえに坐り、トレイに載せてあった温め直しの残り物を食べた。こちら側の壁には十字架が掛けてあり、書棚には相当古そうな埃だらけの本が隙間なく並んでいる。教会関係の哲学者のものや古代の著作物だった。このなかには枢機卿が神の冒瀆だと考える本も含まれていたが、にもかかわらず、彼はそのすべてを読み尽くしていた。それに加え、様々な種類の宗教関係の定期刊行物が何段にもわたって並んでいて、彼は書かれている内容についての反論や注釈を――青いインクを使い、几帳面な字で――その欄外に書き込んでいた。さらには、彼が毎号欠かさずに読んでいるタブロイド紙も重ねて置いてあった――決して喜んで読んでいるのでなく、現代社会における道徳観の衰退を観察するためだ、そう彼は主張していた。

　この伯父を訪ねるとき、私は質素な服装を心がけるようにしている。メイクもせず、髪の毛は団子にまとめ、青白い顔のまま、なるべくみすぼらしい格好で出かけていく。

「今日はどうもありがとう、伯父さん」

「おまえが来た理由はわかってる」

「それだけじゃありませんよ」フランク・パリスは言った。「でも、伯父さんの言ってることも当たってます。近ごろの物価といったら……」

　この月一回の訪問はいつも屈辱以外の何物でもなかったが、避けては通れないものだった。ホワイティング枢機卿は、何十年もまえにこの甥の母親から信託された財布の紐を、固く結んで放さなかったからだ。

「ここはいつ来ても居心地がいいですね」私は言った。「心が落ち着く気がします」

　このアパートメントはクイリナーレ宮殿の隣に建てられていて、教会が所有するものだった。そんな半公共的な施設のわりには、なかの部屋の多くが凝った造りになっていた。私は壁の上部にある格間《ごうま》に描かれたフレスコ画について訊いてみた。

「あれはフランチェスキーニですか？」

「いや」枢機卿は少し胸を張った。「この部屋にはバルダッサーレ・フランチェスキーニの作品などない。あれはラファエロの弟子が、死んだ師匠のあとを継いで描いた聖母像だ。ラファエロは遊び呆けていて、仕上げられなかったのだ」

「まえに見たときと変わらずに胸が豊かですね」フランクが笑った。「ラファエロの描く女性はみんなそうだ」

この伯父にフランクのユーモアはまったく通じなかった。

「ラファエロは放蕩《ほうとう》の挙げ句に死んだのだ」彼はなおも言った。

私は汗をかいていた。ここに来るまえにしっかりとからだを拭いてきたのに、いまもセックスの匂いを鼻に感じた。

「そのとおりですわ」私は言った。

部屋のなかには、凝った装飾が施された様々な教会用具がいくつも飾られていた――行列用の十字架、聖体を入れる容器、聖テレサの墓から持ってきた骨のかけらなど、ホワイティング枢機卿が長年にわたって集めてきた遺物の数々だ。アパートメントには世界から隔絶されたような臭いが漂っている。それは、彼自身の体臭や、開いた洋ダンスにぶら下がる服、小便、聖水、紙、埃などが混じった臭いだった。部屋にはデスクがひとつあり、彼はこれに向かって社会への痛烈な罵倒を小さな文字で延々と書き綴る。枢機卿はラテン語、イタリア語、英語、フランス語にも精通し、《アッヴェニーレ》というカトリック教会が発行する日刊紙にも影響力のあるコラムを持っていた。部屋の端にはバルコニーがあり、彼はそこでときどき物思いに耽ったり、まえに進んで黒い手すりから身を乗り出し、まるで彼の想像上のミサに集まった群衆に語りかけるかのように、通りを見下ろしたりするのだ。

「世界全体が放蕩に耽っている」彼は言った。

彼はリモコンを手にし、テレビのチャンネルを変え始めた。まず手を止めたのはＥＷＴＮというカトリック系のチャンネルで、何人かの司教が、現代のヨーロッパの人々にもっとアピールするにはどうすればいいかを議論していた。

「アピールなど、教会のする仕事ではない」老人は言った。「主イエスとソフト・ドリンクをいっしょにするな」

「そのとおりです」

「主はハンバーガーではない」

「ええ、違いますとも」

「パッケージに入れて、消費するものなどではないのだ」

彼はまたチャンネルを変えていった。

イタリア語の吹き替えが入った『パワーパフ・ガールズ』が映り、ミック・ジャガーに変わり、シャキーラに変わった。それから、『ワールド・ニューズ・トゥデイ』が映り、タイの台風と無人攻撃機によるガザ地区への空爆のニュースが流れた。

彼はそのあともチャンネルを変えたが、最後にBBCに戻し、マンハッタンのホテルのまえに立つレポーターが画面に現われた。それはイザベラが死体で発見されたホテルで、彼女の死はニューヨークの警察当局が早々と発表したような偶然の事故ではなく、ほかの理由があったと考える人々がいる、そうレポーターは伝えていた。その証拠として、いくつかの不審点が挙げられていた。ホテルの防犯カメラの録画映像に空白の時間があるという証言、目撃証言のくい違い、パスポートの記録にあった欠落部分、オルシーニと彼の同行者が乗ったチャーター機の乗員名簿に見られる不一致。こういったことが何者かによる意図的な工作、つまり証拠隠蔽ではなかったのかと疑われていた。レポーターの話はイザベラの死のまえに起こった出来事にも及んでいて、そのなかには彼女が出席したパーティも含まれ、同席した有名人の名前もいくつか挙がっていた。

「おまえの名前は出てきていないようだな」ホワイティング枢機卿は言った。

「出るはずないでしょう」フランクが答えた。「私は有名人じゃないんですから」

「だが、パーティには行っていたんだろ？」

　孤独な生活をしているわりには、この老人は世間の情勢をよく知っていた。そういえば、オルシーニの邸には古参の政治家も何人かいた。あのうちの誰かから聞いたのかもしれない。心の曲がった者たち――つまり、枢機卿が唾棄するような連中――も、このアパートメントの階段を上ってきて、片膝を折って頭《こうべ》を垂れることがあるという。ほかにどんな噂が枢機卿の耳に届いているのかと思うと、不安を覚えた。私の知るかぎり、フランクは私の情事のことは知らない。それとも、知らないふりをしているだけなのか。

「おまえもオルシーニの邸に行ったのだな」彼は、こんどは私に向かって言った。

　私は靴に目を落とした。まっ黒で飾り気もなく、尼僧が履くような機能一辺倒の靴だ。私はこの日、ほとんど何のデザインも施されていない格子柄のワンピースを着て、たるんだストッキングを履いていた。枢機卿は私に目を向けた。慈しみのこもった目、ではない。心のなかまで見透すようなその視線は、私のなかにある彼にしか見えない何かとてつもなく汚いものを見つめているようだった。

「悪の誘惑に惑わされてはならぬ」彼は言った。

　夕食のあと、枢機卿はおぼつかない足どりでバルコニーに出ていき、片手で手すりをつかんでゆらゆら揺れるからだを支えた。その姿を見ても、彼が教会の演台を懐かしがっていることがわかった。その様子は、いまにも通りを行く人々に向かって声を張り上げ、短すぎるスカートを履いた女や、ヴェスパに乗った男や、片手にタバコ、反対の手にピッツァを持った子どもに説教を始めそうだった。彼らの耳に痛いことでも、それを言うのが自分の役目だ、とでもいうように。いかに世界が背教と罪にまみれてしまったのかを嘆くように。

「真実はいずれ明るみに出る」彼は、自らの賢明さを誇示するように笑みを浮かべた。「パオロ・オルシーニは、妻の名声を梃子《てこ》にして議員の地位を得た——世のなかの人々は、聖職者でさえも彼の名声に目を眩まされている。彼が犯罪者とつき合っていることにも目をつぶってしまうのだ。あのボディガードにしたって——どうして彼がイザベラ殺害の直前に解雇されたのか、不思議ではないか」

「殺害されたとは誰も言っていませんわ」私は言った。

「おまえは世のなかのことを知らなすぎる」

私たちはバルコニーのテーブルを囲み、イタリア風のクッキーを食べながらエスプレッソを飲み、ローマの空が次第に暗くなっていくのを眺めた。これが別の場所だったら気持ちのいい夕方だったことだろうが、枢機卿はずっとオルシーニ議員のことを話しつづけていて、彼がイザベラの死によって経済的な恩恵を受けていると主張していた。離婚するより、殺してしまうほうが簡単だ、と。オルシーニを散々貶《おとし》めたあとは、重い病気にかかっている現在の教皇の欠点をあげつらった。そして、ドイツの枢機卿の徳を褒め称え、彼にこそ教皇になって欲しいと言った。

そして、ようやく甥のことに話を戻した。

「告解には行っているか？」

老人はよくこの問いを投げかけた。彼はこのことも、フランクの母親から託された役目のひとつと考えていたのだ。つまり、フランクの人生の物理的側面に加え、彼の魂の救済についても面倒をみることを。フランクが賢い男だったら、はいと答えて頭を垂れていただろうが、彼には伯父相手にそんなことができるはずもなかった。

「それで、おまえはどうなのだ……？」

枢機卿の射るような目がまたもや私に向けられたのを感じた。こんどは頬だけを向けたが、不快感は変わらなかった。彼の視線が穴を掘るように私に入ってきて、なかに転がる残骸を選り分けていくのを感じた。

私自身には見えず、見たくもない残骸を。それはまるで、片手を土くれに突っ込み、反対の手で愛人の頭をつかんで身もだえ、打ち震える私の姿を、アウレリアヌス城壁の上から枢機卿に見られているような感覚だった。また汗が出てきた。あの墓地の空気、この部屋、部屋に溢れる遺物、私自身、そしてローマの通りを行く車の排気ガス……そんなものを鼻に感じた。

フランク・パリスが割って入った。

「伯父さん」彼は言った。「二人だけで話したいんですけど」

フランクが私たちの経済状況を訴えているあいだ、私はバッグを両脚で挟み、階下で待っていた。私はアイライナーとチークブラシを取り出し、コンパクトの鏡を覗いてみた。自分の顔を醒めた目で見つめた。その美点も、欠点も。私の目は人に比べて瞳孔が異様に大きく、そのためぼんやりしているように見える。まるで、何か想像の世界に夢中になってしまい、目のまえのものさえ見えていないように思われるのだ。まだ少女だったころ、学校の精神科医の診察を受けたことがある。それは、近所の知り合いの少年が死んだときのことだった——彼とは一度だけキスをしたことがあり、その様子をジョニーがクローゼットから見ていた。少年の死体が発見されたあと、学校は多くの生徒たちを呼んで専門家のカウンセリングを受けさせた。私はこのぼんやりしているような目のせいで、再診を受けさせられた。診察後、精神科医は私の母を呼んだ。

「あの子は心を開いてくれません」その女性医師は言った。

「私の娘はとてもきれいでしょ」母は言った。

「ええ、とても美人ですね」彼女は言った。「ですが、問題はそういうことではなく」医師が訊きたかったのは私の家庭環境や、母がつき合っている男たちのことや、私と兄の関係についてだった。母はそんなことに答えるのは嫌だったが、医師はしつこく訊いてきた。彼女は、私の記憶にいくつかの空白があることや、話したがらない過去の出来事があること、解離の兆候が見られる点などが、何らかのトラウマによる症状に酷似していると考えたのだ。母はバッグを抱えてただ坐っていた。このことがあって程なく、母は私を別の学校に転校させ、ジョニーを海外に送り出してしまった。

13

夏はまっ盛りだった。少しでも常識のある人々は、海や湖畔地方に行ってしまった。残っているのはフランクと私と、汗をだらだら流して遺跡を巡る観光客だけだった。イザベラの遺体は依然としてニューヨークにある。移送は遅れに遅れていた――検視官事務所での事務的な問題に加え、大西洋を越えて人の遺体を運ぶために必要な諸問題が関係しているらしかった。

フランクはパーリオの競馬に行きたがった。

「電車での移動なんて、どれだけ暑いか」私は言った。「だいいち、混んでるわ。それに、この季節のシエーナは……」

「ローマのほうが暑いよ」

彼は例の小説のなかでパーリオについて書いていて、それが彼の心のなかでは特別なものになっていた。パーリオは古くからの祭りで、色とりどりのパレードが出ることで知られている。そして、最終日には競馬が行われる。騎手たちが鞍を着けずに乗る馬が、旧市街のなかを荒々しく駆け抜けるのだ。賭け金が飛び交い、人々は飲みまくる。通りには薪を燃やす煙や、スパイスを利かせて油に漬けた肉の匂いが漂い、古い石畳にはワインが滴《したた》り落ちる。小説の主人公と同様に、こういったものがフランクを惹きつけてやまなかった。この主人公は、以前に若くして収めた成功の勢いでこの街に妻と娘を連れて訪れている。が、そのすべてをギャンブルで失ってしまったのだ。その後の彼を苦しめるのは失ったカネではなく、そのときに見た大地を鳴らして駆ける馬の想い出だ——そして、明くる朝に感じる空虚感、満たされない思い、馬の背に乗ってあの暖かい田舎道へ、あの黄金の丘へ駆け出したいという想い、それが彼の心を苛《さいな》んでいる。

「きみにずっと言おうと思ってたことがあるんだ……」

彼が何を言い出すのか、見当はついていた。と、思っていた。つい昨日、大家がうちに来ているのを見たのだ。

「ジム・スウィンソンを覚えてるか？」

「いいえ」私は答えた。

私は虚を衝かれた。そして、思い出した。むかし、フランクが南テキサスの田舎によくウズラ狩りに出かけていった仲間で、細いが筋肉質の男。二人はもう何年もまえからの友人だった。彼は最近、リトル・ロックのカレッジで学部長の職を得たのだという。

「ここのところ何週間かのあいだに、彼と二、三回話をしたんだ……それで、ある仕事に就けそうなことになって……」

私は脚を組んで坐った。汗が流れ落ちる。

「アーカンソー？」

「八月の終わりまでに行けばいいんだ……だから、まだ少し時間はある……シエーナのあとはコモ湖に行こう……それとも、カダケスの海岸がいいかな……」

彼はさらにしゃべりつづけた。伯父からもらえるカネでは生活するのも苦しいが、給料をもらえる生活になれば夏に旅行もできる。それに、カレッジには演劇のコースもある……私にも少しは実績があるし……ドリス・デイだって行ったはずだ……もしかすると、ラナ・ターナーも……サリー・フィールドも……いや、誰がそうだったのかはよく覚えていない、全員か、全員とも違ったか……フランクの話にはもう半ば上の空で、私は新しく住むアパートメントのことを想像していた……カレッジの寮や、学部の教授たちとのディナー……モールにあるスーパーマーケット……

「ジョニーのことは――」

「彼にはここの生活がある」フランクは言った。「だけど、きみは……例のダラスの事件のことなら……もう誰もあんなこと気にしちゃいないよ。容疑はすっかり晴れたんだから」

「何でそんなことをいま持ち出すの？」

「きみに心配して欲しくないからさ、それだけだ」

夫は知っている、そう思った。オルシーニと私の関係に気づいているのだ。彼はそんな疑いを口にしたりはしないだろうし、自分自身でも認めたくないと思っているかもしれない。だが、やはり知っているのだ。

私はカンポ広場に目を向けた。この場所はかつて花畑で、のちに野営地になった。ローマ帝国時代の聖職者は洞穴に立つヴィーナス像に捧げ物をした。その何世紀かあとの時代には、聖職者や貴族たちがここで愛人と待ち合わせをし、フォロ・ロマーノの空中庭園で教皇を囲んで開かれる酒池肉林の宴席に向かった。いまは昼過ぎで、屋台の店の覆いは下りている。カンポ広場を歩く人影もなく、見えるのはフードを被った異端者の像と、その足下で暑さに耐えるように下を向いている老婆がひとりだけだった。その手前には、広場の端にあるレストランのパティオにカップルがいた。女は退屈そうに脚をぶらぶらさせ、隣の男は指でテーブルを叩いている。この二人はどことなく美しかった。何か不道徳なものが感じられる。彼らは互いに触れてはいない。とにかく暑すぎるのだ。観光客ですら鳴りをひそめるようなのんびりした時間帯だった——世界はずっとこんな調子でつづいていて、これからもこのままでありつづける、ついそんな想像をしたくなるような——いずれにしても、ウェイターがてきぱきと飲み物を運ぼうとしていないのは確かだった。

14

翌日、私はジョニーと話をした。私たちは、八階にある彼のアパートメントにいた。窓の外にごちゃごちゃして薄汚いローマの街並みが見える。エアコンはあるが、建物自体が古いため、この暑さでは役に立たなかった。私は服を脱いでシャワーを浴びた。それから、パンティとTシャツだけを身につけ、バルコニーの扉を開け、シーリング・ファンを回して坐り込んだ。ジョニーは上半身裸でパンツ姿だった。

私たちがヒューストンにいた子ども時代、暑すぎてエアコンが利かないときには、いまと同じようにして過ごした。そうして、母がつき合っている男について話し合ったりした——回るファンの下、下着姿のジョニーと私――たいていの場合、私たちはその男についていいと思える点をあまり見つけられなかった。二人の意見は、話せば話すほど白黒がはっきりしていった。家族の会話というのはそういうものだ。

　私たち二人。あとはすべて他人。

　フランクについて話したときも同じだった。ジョニーと私はベッドに隣り合って坐っていた。

「いっしょに行く必要はない」

「ほかにどうすればいいっていうのよ？」

「イタリアに残ればいい」

「で、どうやって生活するの？」

「方法はあるさ」

「イタリアで離婚するのは、そう簡単じゃないわ」

「こんなおまえを放っておけないんだ。オルシーニは喜んで助けてくれるよ」

「私は娼婦じゃない」

「彼はそんなつもりじゃ――」

「世間はどう見ると思う？　イザベラはまだお墓にも入っていないのよ。きっと噂が立つわ」

「噂は立つだろうね。だけど、最初のうちだけだ。そのうちに別の噂に移るよ」

　ジョニーはタオルを水で湿らせた。私が首をうしろに反らせると、兄はそのタオルを私の額に載せた。

「少し顔が青いようだ」彼は言った。

「暑さのせいよ」

「熱が出かけているのかもしれない」彼は手を伸ばし、熱を測るように私の額に触った。「歩くと世界が少し回るぞ」

「バカなこと言わないで」

　が、当たっていなくはなかった――暑さのせいで相当参っていたのだ。目がチカチカした。私のなかで何かが動いた。

「フランクがダラスのことを言い出したわ」私は言った。

兄の顎がこわばった。ジョニーのこんな表情は見たことがある。母の男のひとりが、兄がしたことについて問い詰めたときのことだ。兄にはカッとしやすいところがある。

「二、三日ゆっくり考えてみたらいい。自分のためにそうしたほうがいい」

「私たち、シエーナに行くのよ」

「フランクに言うんだ、体調が優れないから先に行ってくれ、二日後にシエーナで会おう、ってね。祭りには間に合うからって」

ジョニーは私の額にかかった髪の毛をそっと払いのけてこう言った。「オルシーニの厩舎には、二、三年まえのパーリオに参戦した牡馬がいるんだ。フランクはきっと乗りたいって言うだろう」

兄の目は私と同じように黒かった。私たちの顔は鏡を見るようにそっくりで、薄い唇も栗色の髪も、どこか遠くを見つめているような黒い瞳も、まるで自分を見ているようだった。何かわからない感情が湧き上がってくるのを感じた。私は兄の肩に顔を埋めた。

「心が引き裂かれるような気がしてるんだな」

兄は私の首にキスをした。

「フランクは私によくしてくれたわ」

「おまえには考える時間が必要なんだ」

「そうかもね」

「二日間、ひとりになってみれば、きっとびっくりするぞ。ものごとは自然に解決することもあるんだ」

熱気のなか、私はジョニーのベッドで眠りに落ちた。白いシーツに横たわる私の上で、ファンが回っていた。その後、ジョニーのスクーターでカンポ広場に戻ったが、からだには相変わらずだるさが残っていた。ジョニーは私にローマにいて欲しいと思っている。彼にとって私は妹で、そばにいて欲しいということ以外にも、兄には身勝手な理由があることはわかっていた。兄はいまオルシーニにうまく取り入っている。彼が部外者だということが優位に働くような場面で非公式の仲介人として動くことによって——つまり、オルシーニは兄の行動について知らぬ存ぜぬを主張できる——カネを稼いでいるのだ。ただ、私がローマからいなくなれば、ジョニーに対するパオロの厚遇も長続きはしないかもしれない。

「厩舎の先にあるっていう小道を、フランクと二人で歩いてみようと思う……腹を割って話してみるよ」

「何を話すつもり？」

「少し地ならしをするだけさ。おまえがどんな気持ちでいるのか、彼にちょっとでもわかってもらうためにな」

「それは、私が話すべきことよ」

「でも、おまえはそうしないだろ」

図星だった。こういうことはむかしから苦手だった。

「私って、兄さんに頼りすぎね」

「ああ」

「上手に話してくれる？」

「もちろんさ」

スクーターはすでにカンポ広場に着いていて、アイドリングしていた。兄が私に向けた視線に対し、私は返すことばを見つけられなかった。喉の奥に何か黒いものを感じた。兄は私のほうに身をかがめた。指を私の唇に当て、黙っているようにと合図した。そして、あの兄にしかできない笑顔を浮かべ、私も思わず笑顔を返した。

イグニションから鍵がぶら下がっている。

キーホルダーは、マンハッタンの摩天楼をステンシル印刷した絵をプラスティックでコーティングしたものだった。いま初めて気がついたのだが、それはリンゴの形をした鮮やかな赤色をしたキーホルダーで、まん中に文字が刻まれている。

NYC

兄はすでにスクーターにまたがっている。

「ニューヨークに行ってたの?」

「ただのおみやげさ」

私はそのあともしばらくカンポ広場にたたずみ、街ゆく観光客を眺めていた。彼らのことをうらやましいと感じたが、同時に現実もわきまえていた。路地をちょっと覗いてみて、自分がいまとは違う人生を歩むことを想像する。だが、そんなことは実際には起きない。自分は相変わらず同じ自分で、同じ熱気のなかで、じっとしていられないあせりと多少の退屈さを感じながら、脇の下は汗染み、両脚のあいだにはあの粘っこい感覚を覚えるのだ。熱気は舗装された道路からも沸き上がり、スカートのなかに入り込んできた。暑さを避けようとアパートメントに入ったが、なかはさらにひどかった。階段を上がると、シャツを脱ぎ捨てたフランクがいた。彼はジョニーと電話で話しているところだった。そして私は、あの何者かの手によって地面に引きずり込まれる夢を思い出していた。

彼らは予定より遅くに厩舎に着き、石造りの別荘や緑から黄色に変わりつつある草原を見下ろす尾根を登っていた。気温がどんどん上がるなか、ジョニーが牡馬に乗った。これはフランクが望んだことではなかったが、ジョニーがぜひそうさせてくれと言い張ったのだ。彼は馬には慣れていたし、小屋から連れ出したばかりの牡馬は気が立っているものだから。

「きみにはあとから存分に乗ってもらうから」ジョニーは言った。「もっと先に行ったところでにしよう」

「まかせとけ」

二人は急ぐこともなく、ところどころで立ち止まってサン・ジミニャーノの景色を眺めた。それは尾根の上に広がる古い丘の町で、砂岩でできた塔や中世の壁が遠くにぎざぎざの稜線を作っていた。

　なぜ私はそんなことを知っているのか……丘の情景や、その午後に起こったことを……いったいどうして……私は事故のあとにローマからここに来て、ジョニーと他の二人のイタリア人とともにこの山道を歩いたのだ。イタリア人は、この道を私が歩くのはむずかしいと思ったようだが、私はかまわずにやって来た。そうして、フランクが見た風景を目にすることができたのだ。格子模様の畑や、自然保護区、砂利の道を。鞍にまたがり、左右に揺れながらトスカーナの景色を眺めるフランクの姿が目に浮かんだ。うだるような暑さに朦朧とし、いつものように見るものすべての中心に暗黒を見つけるフランク。私のなかにも暗黒を見たように。彼は二日酔いで、寝不足だ。虫たちが狂ったように耳障りな羽音を立てる。人の記憶を消し去ってしまうような、あの音。聞いていると自分までもが虫になり、草にがっつく百万匹の仲間になったような気がしてくる。私たちのまえには、古代から変わらぬ美しいトスカーナの風景が広がっている。その景色には古代の北欧のような佇まいがあり、それはまるで解かれるのを待つパズルのようでもあった。

「とにかくひどい暑さだった」ジョニーが言った。

　二人のイタリア人のうち年配のほうは地元の牧場主で、砂利道に四輪駆動車を走らせて私たちをここに連れてきてくれた。若いほうは地元の警察官《カラビニエリ》で、事故の報告の役目を負っていた。二人ともパオロ・オルシーニと知り合いだった。実際のところ、このあたりに住む人はみなそうで、多くはオルシーニから何らかの恩恵を受けている人たちだった。

　私たちにとっては、そのことが有利に働いたようだ。

「谷間のほうはもっと暑さが厳しいんだ」牧場主が言った。彼のイタリア語は訛りがひどく、英語もときどき何を言っているのかわからなかった。「馬に水はやったのか？」

「水場を見つけるたびにやりました。干上がってるところもありましたけどね」

「この暑さに水もないとなると、馬はふらふらになっちまう。男も同じだ……むろん、女も」

牧場主はまるで見たことがあるように話した。経験の浅い乗り手が熱気のなかで自分も馬も消耗させてしまう。そんなことが起きてしまえば、できるのは肩をすくめることくらいだ。彼は両手のひらを上に向け、両肩を丸めている。

「おれのせいだ……」ジョニーは首を振った。

そうではない、と言ってあげる者はいなかった。

太陽は容赦なく照りつけ、暑いを飛び超えて身の危険を感じるほどだ。山道はところによってかなりの急傾斜になってきた。ジョニーがそのときのことを話してくれた。この先で彼とフランクは馬を降り、岩場をよじ登った。そこまではよかった。だがその帰り道、木陰の田舎道を戻っているときに事態は変わったのだ。

私たちはその場所に近づいていた。


「飲んでたのか？」警察官《カラビニエリ》が訊いた。

「彼はフラスコを持ってまして……」

ジョニーが立ち止まった。

そこは林の端に沿って曲がっていく、一見したところ何の危険も感じられない山道で、その先のほうでは背の高い糸杉が密集したところを抜けている。イタリアの田舎にはよくある、てっぺん近くだけに葉を残した糸杉だ。

下のほうにはオークの森と、石の家、広がる畑が見える。

「ここか？」

「いや、もっと先です……」彼は顎でオークの森を指した。その目は曇っている。いつものジョニーとは違い、笑顔はない。「ですが、ここで馬を交代したんです……見てください……」

ジョニーは携帯電話を取り出し、私たちに見せた。粒子の粗い写真のなかでフランクは鞍にまたがり、手綱を手にしてポーズを取っている。頭には乗馬用のヘルメットではなく、アルゼンチンのガウチョのようなつばの広い帽子を被っている。汗ばみ、疲れた様子で、すっかり年老いて見えた。脇の下には大きな汗染みができていて、額にも汗が光っている。あの皮肉屋っぽい表情もない。彼はまるでパンチを食らったボクサーのように見えた。

　どうやら摂っていたのはアルコールだけではなさそうだ。

　ジョニーのバッグにはいろいろなものが詰め込んである。

「おれが止めるべきだった」ジョニーが言った。「だけど、どうしても乗ると言って聞かなくて。彼の頑固さは知ってるだろ……」

　私は道の先に見えるオークの森と離れ家に顔を向けた。牡馬に拍車をかけて走り出すフランクの姿を想像した。

「歳を取るとバカなことをしがちになる」牧場主が言った。彼は私に目を向けた。私が身につけた明るい色のブラウスにカプリパンツ、サングラスにヘッドバンド、ブランドもののミュールを眺め回すように。警察《カラビニ》官《エリ》も私を見た。

「あなたの旦那さんを責める気はないが」牧場主は言った。「あの牡馬を乗りこなすのは大変なんだ……」

　私たちはまた歩き出した。暑さはさらに増し、虫たちはさらに騒がしくなった。フランクが馬に慣れていたのは本当だが、それはかなりまえの話だ。しかも、この馬に乗るのはまったく初めてだった。なのに、ジョニーは彼と馬を交代してしまった。険しい行程はすでに終わり、残りあとわずかだったということは、運命のいたずらとしかいいようがない。厩舎まであと四キロ。このなだらかな、坂ともいえないような坂を下りきるだけ。二人は馬を交代した……フランクは牡馬に手こずる……馬は走り出そうとする……少なくとも、うしろに立っているジョニーにはそう見えた……そう彼は証言した……フランクは馬を駆け足《キャンター》にし、丘の麓で道が曲がるあたりで手綱を引き、全速力《ギャロップ》にならないように抑えた……曲がり角にはこんもりとしたオークの森がある……そして、小さな石の家も……山道の両側には糸杉が並んでいて、黄色い畑を抜けていった先に厩舎がある。

　私たちはオークの木の下で立ち止まった。

「馬が突然、パニックを起こしたんです」ジョニーが言った。「おれにはそう見えた……もしかすると、水が飲みたくなっただけかもしれませんが……」

　家の脇に馬用の水場があった。これが原因だったのかもしれない。あるいは、道に何かが落ちていたのかもしれない。砂利の上を何かが這っていたのかもしれない。

　牡馬はうしろ脚で立ち上がった。道の端に特別大きなオークの木があり、その枝を道の上に広げていた。フランクはその枝に背中をぶつけてしまい、片足をあぶみに絡ませたままウマの横側に落ち、頭を打った。牡馬は狂ったように暴れ出し、彼を振り落とそうとした。馬はフランクを引きずったまま曲がり角を回り、彼を蹴ったり踏みつけたりした。そうして、ようやく彼のからだが馬から離れた。馬はそのまま厩舎まで駆け戻った。

　私が泣き出すのではないかとイタリア人がこちらを見つめていたが、私は何も感じていなかった。警察官《カラビニエリ》が片膝をついた。地面には蹄のあと、人の足跡、タイヤの跡が残っている。彼は木を見上げ、水場のところに行き、畑の端に立った。何か不審な点を見つけたとしても、彼がそれを口にすることはなかった。彼のいる部署はごく小さな、単なる出張所に過ぎない。事故の報告書を書くことだけが彼に課された仕事だった。

　この日の前日、近くの畑で二人の男が目撃されている。アルジェリア人で、警察官《カラビニエリ》が彼らとことばを交わしていた。

移民の労働者だ——不法滞在者。

むろん、彼らはとっくの昔に姿を消していた。法の執行機関とこれ以上の接触を持つわけにはいかなかったのだろう。あとになってジョニーの証言が疑われるようになると、このことが問題になった。つまり、このアルジェリア人は農作業をしに来た労働者ではなく、犯罪の共犯者だったのでは、と思われたのだ。つまり、フランクの死は事故ではなく、襲われて殴り殺されたもので、その死因を隠すために馬に踏みつけさせ、引きずり回させたのだ、と。それは、イザベラの死はタイルの床で滑ったからではなく、殴られたあとに頭を洗面台に打ちつけられたのだ、という噂が立ったのと同じだった。

若い警察官《カラビニエリ》が何を考えたにしろ、彼は何も言わなかった。私たちは熱気のなか、歩いて丘を下り、そのあと遺体を確認するためにヴォルテッラに車で向かった。


ここは歴史のある町で、通りはどこも狭く、周辺部には安っぽくも現代的な新しい建物が建っている——だが、旧市街は中世の暗黒時代から変わらぬ街並みで、警察署や死体公示所など、公共の施設のほとんどがここにある。なかに入ると、フランクは覆いも掛けられずに台の上に寝かされていた。首は折れ、顔はいびつな形に膨れあがっている。顔じゅうに擦り傷があり、まぶたはちぎれていて、目玉はすでに目玉には見えなくなっていた。曲がっていた鼻はさらに曲がり、口元も血だらけになっている。だが、それはまちがいなく夫だった——両肩の曲線、全身の体型、首のほくろ、丸めた左の足先に黄色く変色した爪。

「夫です」私は言った。

死体公示所の係員と警察官《カラビニエリ》が廊下で話していた。オルシーニの名前が口にされるのが聞こえた。彼はこのあたりでかなりの影響力を持っている。しばらくして、彼らはどこかに電話をかけた。さっきとは別の警察官《カラビニエリ》が現われた。上官らしいこの男が、手際よくあとの手続きを済ませてくれた。フランクの遺体は解放され、私たちは近くの葬儀場に案内された。

フランクの遺体はトスカーナで荼毘《だび》に付され、私は用意された車に乗り、夫の遺灰を横に置いて家に帰った。ローマに戻ると、旧市街の入口に建つ門のまわりに人が集まっていた。が、私は特に注意を払わなかった。ここにはよく人が集まる。観光客や巡礼者たちがやってきては、古い時代の習わしに従い、死者に伝えたいメッセージを書いて石のあいだに挟むのだ。

「彼女が戻ってきたんですよ」運転手が教えてくれた。

「誰のこと？」

「イザベラです」

私には何のことかわからなかった。アパートメントにひとり戻り、フランクのシャツやズボンをたたみ、彼がアーカンソー行きの荷造りをしていた黒いトランクに、本といっしょに詰め込んだ。そのとき、私のなかで何かが壊れた。それとも、ずっとまえから壊れていたのか、よくわからない。頬を涙が流れ落ちたが、それは流すべきはずの涙とは違っているように思えた。こんな気持ちになるのは、誰にでもあることなのかもしれない。とにかく、私は泣いた。それから骨つぼを手にして外に出かけた。街にはいつも以上に人通りがあった。人の波を掻き分け、フランクとよく散歩したシスト橋にやってきたが、ここにはさらに多くの人が集まっていた。人々はみな、私の悲しみを我がことのように悲しんでいるようだった。私にはまだこれが何のことなのかわからなかった。すると、橋の反対側からこちらに向かってくる露天商がイザベラの写真を売っているのが目に入り、やっと人々が集まっている理由がわかった。イザベラの遺体がローマに帰ってきたのだ。私は人混みのなかにからだを押し込み、河岸までたどり着いて黒い水を見下ろした。骨つぼの蓋を開け、フランクの遺灰をテヴェレ川に撒いた。

私は落ちていく灰を見つめた。

フランクのことを考えようと思ったが、彼の顔が思い浮かばない。見えたのは、幼いころにクローゼットで私にキスをした少年の顔だった。

彼の傷だらけの死体は、井戸の底で見つかったのだった。

15

イザベラの遺体はあまりにも質素な棺でローマに戻ってきた。棺がフィウミチーノ空港の貨物用ベルトコンヴェアーに載せられているところを、空港の貨物係が携帯電話で撮ったその写真は、《コリエーレ・デラ・セラ》の紙面に載った。

その写真のおかげで、より彼女にふさわしい扱いを求める声が沸き起こった。誰もが参加できる公共の場での追悼式と、街を練り歩く葬列だ。映画スターや教皇など愛すべき人が亡くなると、イタリア人は街じゅうの広場に繰り出してそれを悼むのだが、今日もまさにそうだった。ピエトラ・トリスタという、自分のテレビ番組まで持っていた悲しそうな目をした小犬が死んだときも、人々は同じように街に繰り出したものだ。
　それに比べ、トスカーナで乗馬中に死んだアメリカ人の作家など、注目されるはずもなかった。
　人の数はどんどん増え、私はその流れに身をまかせた。抵抗することなど、まずできなかった。人々は広場だけでなく通りにも溢れ、彼女の映画のロケが行われた場所にも集まっていた。その手にはみな携帯を持っている。彼らは互いの肩越しにそれを覗き合い、新着ニュースや映画の映像を見ながら、目に涙を溜め、感傷的になり、笑い合い、またそれを繰り返した。
　〝おお、イザベラ！〞
　〝おお、美の女王《レジーナ・ベッラ》よ！〞
　〝私たちに黙って彼女を埋めないでくれ《ノン・セッペリルラ・センツァ・ノイ》、パオロ！〞
　〝まだ連れていかないでくれ《ラ・ヴェディアモ・ウン・ピュ・テンポ》！〞
　ニューヨークで何が起きたのかについての憶測は相変わらず根強かった。疑惑は時を追うごとに醜悪で尾ひれのついたものになっている。パオロが公開の場での葬列を拒否したという噂が、これにさらに火をつけていた。そのとき、スクーターに乗った若い男女の一団が、荷台に号外の束を積んでやって来た。そして、号外が街にばらまかれた。
　公開の追悼式が開かれることになった。
　明後日に行われる。
　その後、イザベラはヴェラーノ墓地に埋葬される。ローマの中心にある、あの広大な墓地に。
　号外にはわずかな情報しか載っていなかった。人々は勝手にいろいろな推測を口にした。イザベラの遺体はガラスケースに入れられて公開されるだろう……式には教皇も病をおして出席するらしい……あの有名なフランシス・フォード・コッポラ監督が棺のうしろにひざまずく……葬列がヴェラーノ門を過ぎるときには上空をアメリカの戦闘機が飛び、何万ものバラの花を空から撒く……イザベラが庭で育てていたのと同じような野生のバラだ……

人の数は信じられないくらいに膨れあがっていた。人の動きに合わせて私も動き、前へ前へと進み、手を伸ばし、通りゆく棺に触れようとしていた。

16

もし私がフランクの死のあとにホワイティング枢機卿を訪ねていれば……もしあのあと毎日、喪服を着ていたら……もし地元の習慣に倣って彼がよく通ったカフェにフランクの死を伝えるお知らせを貼りだしていたら……だが、私はそのどれもしなかった。四六時中ひとりで過ごし、孤独のなかで自暴自棄になっていった。昼間は寝て、夜になるとテスタッチョ地区のクラブに踊りに行った。いつもひとりで。私のなかで何かが変わっていた——もうすこしでその何かが姿を現わしそうだった——が、私はそれを押し殺してまた踊りに出かけた。人混みに紛れ、両手を挙げて自分のからだが脈打つのを感じられる場所へ。ブルーのライトの下、大勢の男たちが近寄ってきた。クラブが閉まると、私は朝の熱気のなか、酔っ払いか尼僧しか歩いていない夜明けの街をひとり帰った。テルミニ駅にまで歩いて行ったこともある。列車の時刻表に目を向ける――パリ、プラハ、あるいはほかの街――だが、列車に乗ることはなかった。アパートメントに戻ると、フランクの持ち物を詰めた箱が斜めに積み上がっていて、大家が家賃の払いを待っていた。

「おまえ、いったいどうしたっていうんだ？」兄が私に訊いた。

「話したくない」

「おいで」そう言って彼は私を抱きしめた。

　ローマを離れるならいまだったが、そうはしなかった。ジョニーは私の兄だ。私にも肉親への情愛はある。

「つらいのはいまだけだ」彼は言った。「じきに騒ぎも収まる」もしあの写真が《イル・フォグリオ》の紙面に載らなければ、兄のことばどおりになっていたかもしれない。それは、パオロと私が、テスタッチョ地区にある五つ星レストランの〈エミリオの店〉から出てきたところを撮られたものだった。直近のものではない。何週間かまえ、フランクとイザベラが死んで間もないころに、ついうっかり用心を怠ってしまったのだ。


　　悲嘆にくれる寡夫と未亡人。〈エミリオの店〉で目撃されたイザベラの夫パオロ・オルシーニと、殺された小説家フランク・パリスの妻ヴィットリア・パリス。

　それだけだった。写真とその下のキャプション。だが、それが引き金となり、噂の連鎖が起こり始めた。タブロイド紙がこぞって記事を書き始めたのはもちろんだが、いちばん噂の種を提供したのはその読者自身だった。彼らは次々に写真を投稿し、それがまたたく間に広まっていった。その結果、ニュース系のブログでフランクの死にまつわる謎が異例の盛り上がりで取り沙汰されるようになった。それもやがては下火になっていただろう、もしホワイティング枢機卿がカトリック教会の日刊紙《アッヴェニーレ》のコラムで、あんな記事をぶち上げなかったならば。

　彼は甥の死についての捜査があまりにおざなりだったことに不満を述べた。さらに、姿を消してしまった証人や、隠された証拠についても。彼はテレビの番組にまで出演した。

「誰がこんな証拠隠滅を図ったのでしょう?」彼は強い調子で書いていた。「いったい誰がうしろで糸を引いているのでしょうか?」

　彼はその問いに自ら答えることはしなかったが、そのことばが仄めかしていることは誰の目にも明らかだった。彼の指が誰を指しているのかわかっていたのだ。ラツィオ州選出の元老院議員、パオロ・オルシーニ。

彼自身の妻も、つい最近に疑わしい状況で死亡している。そして、その彼がフランク・パリスの未亡人とローマの街を人目もはばからず遊び歩いている。

第三部

17

私はモンテ・ジョルダーノの邸の二階で待っていた。弁護士たちとスタイリストはついさっき帰っていった。夜もだいぶ更けている。明日の朝、私はマダマ宮殿におもむいて証言台に立たなければならない。私はスタイリストが選んだジャケットをはおっていた。スカートに合わせた淡い色の上着だ。

パオロは一階にいて、兄を見送っている。あれからだいぶ時が経った。捜査はすでに一年近くもつづいている。

イザベラが庭の離れに移るまで、ここは彼女の部屋だった。そして、そのずっと以前にはルネッサンス時代の妃の寝所だった。壁の上部には帯状の彫刻であるフリーズが施してあり、動物か神話に出てくる怪物が描かれているが、少々色褪せている。四方の壁に連続するフリーズは何か物語を綴っているようだが、薄れた色のせいでその意味ははっきりとしない。

私はクローゼットに入った。イザベラのメインのクローゼットだったもの——離れのものより相当広い——で、いまも彼女の服がハンガーに掛かっている。その多くは彼女が一回か二回着ただけのもので、もしかすると一度も袖を通したことのないものもあるかもしれない。

私は服を脱ぎ始めた。

元老院議会で行われているのは捜査そのものではなく聴聞会で、今回が最後と言いつづけながらいまも繰り返し開かれていた。この一件は結論の出ないまま、警察署から司法省へとその扱いが移され、巡り巡った挙げ句に代議員議会、つまり下院で議論されることになり、政治的な色合いを帯びてきた。表向きは、追及の矛先は殺人と疑われた事故の真相究明ではすでになく――なぜなら、証拠はひとつも見つからなかったから――パオロが自らの権限を使って捜査妨害をしたのかどうか、という点に絞られていた。私が証言したところで、その真相が見えてくるはずもなかったが、そんなことはもうどうでもよかった。すべては一種のショウになっており、議員たちはとにかく私を証言台に立たせたかったのだ。

「明日のきみの証言ですべては終わるよ」パオロが言った。「そうしたら、私たちはやっとまえに踏み出すことができる」

　ジョニーが割って入った。「本当にそうでしょうか」

「私はそう聞いている」

　パオロはイタリア製の小さな葉巻を指に挟んでいて、部屋には青っぽい煙が充満していた。彼はこの何カ月かで体重が増え、のべつ幕なしにタバコを吸っていた。兄は気が気でない様子だった。私たちはむずかしい状況にあり、捜査官たちは三人の仲を裂き、互いを裏切らせようとしていた。

「あいつらの狙いはカネだ」兄が言った。

〝あいつら〟とは、イザベラの家族のことだった。彼らは遺産相続について訴えを起こしており、それを有利に進めるためにオルシーニに対抗する政党と手を結んでいた。

「カネだけじゃない」パオロが言い返した。「委員会のメンバーには私と同じ政党の奴もいる――あいつらは私を元老院から追い出したいんだ」

　兄は私にちらりと目を向けた。私は政治にはあまり関心のないほうだが、すべてのことはつながっていた。オルシーニには圧力がかかっている。愛人と、その兄で何かと面倒になりそうな男を切り捨てて、援助もいっさいやめるようにという圧力が。

「教皇はいよいよ危ないらしい」オルシーニが言った。

「教皇ならいつだって死にかけてる」兄が言った。

「それこそ教皇のいちばんの仕事ですよ。死ぬことがね。それも、長い時間をかけて……だけど、それがおれたちに何の関係があるのかわかりませんね」

「政治的な意味合いがあるんだ」

「それだって教皇の仕事のうちでしょう。半分死にかけていることで、枢機卿連中がすぐに次の教皇探しに奔走できるわけだ。ですけど、それがいったい――」

「言っただろ、政治的な意味があるんだ」

「ホワイティング枢機卿と、彼が主張する〝新しい教会〟のことですか?」

兄は鼻で笑ったが、いまの状況はみんなわかっていた。〝新しい教会《ラ・ヌオヴァ・ピエタ》〟と名付けられたこの提言は、政治家と犯罪組織とのあいだの不適切な関係を糾弾して、教会の指導者による積極的な行動主義を呼びかけていた。こういった主張は特に新しいものではなかったが、オルシーニの所属する政党は、これによって再燃した世論を対抗政党が政治利用し、新たな捜査が始められるのではないかと懸念していた。幸いなことに、対抗政党側にも隠したい秘密はあった。ということで、双方は妥協点を見いだすことになり、その結果、私が表に出なくてはならなくなったのだ。

私が証言台に立つことで大衆の要望を満足させるが、証言はあくまで形式的なもので厳しい追及はしない。そして、これをもって捜査活動の終結とする。

「取り決めどおりに事が進むとは思えないんですけどね」ジョニーが言った。

「きみが心配することではない」

「罠かもしれませんよ」

不安な気持ちに襲われるのは無理もなかった。私たちのあいだには緊張感が漂っている。私自身、相手を信じる気持ちが揺れ動いていた。だが、私たち三人は手を取り合っている。少なくともいまのところは。

「私なら大丈夫」私は言った。

「本当に？」

兄は立ち去りがたい様子だった。この会話を終わりにしたくない、むかしよくそうしたようにもう少し私と二人きりでいたい、そう思っているようだった。


私は脱ぎかけの服を手にしてクローゼットに立っていた。戸棚はヒマラヤスギの匂いがした――その甘い香りに、バラの花びらの香水が混じっている――下のほうの引き出しには時代物のスカーフやシルクの下着などが入っている。そのなかから、私は手編みのレースのネグリジェを手に取った。イザベラはこういった美しくて上品で繊細なものをたくさん持っていた。私はネグリジェをはおった――これを着る自分を見てみたいと思っただけだ――すると、ベッドに来てくれというパオロの声がした。彼は天井近くの明かりを暗くしていた。フィラメントの具合のせいか、その薄明かりが作る影が壁を這い、フリーズに描かれた動物たちに迫っているように見える。

「この捜査が終わったら、二人でどこかへ行こう。しばらくローマを離れるんだ」

「いい考えだわ」

「私たちの新婚旅行だ」彼は言った。

「どこに行く？」

「どこか遠く、人の目の届かないところに」

このことはこれまでにも話し合ってきたが、捜査が続行しているあいだは、結婚するのは得策ではないだろうという結論になっていた。互いに口にはしなかったが、二人のあいだには、過去のスキャンダルや噂が生み出した疑念がわだかまっていた。パオロが私に触れた。明かりが揺れる。ほんの一瞬、フリーズの獣たちの影が壁を這い上がるのが見えた気がした。

18

古めかしい議場の演壇の上に、いまにも泣き出しそうな表情を浮かべた小柄な男が立っている。イタリア政府の司法省で中級職にある彼は、いままでに特に大きな功績もなく、またどの派閥にも属していなかった。彼がこの事件の特別調査官に任命されたのは、まさにそれが理由だった。

「ただいまより当委員会の審問を開始する」特別調査官は言った。彼のことばに注意を向けるものは誰もいないようだった。

　特別調査官には滑らかな弁舌も、人を魅了する容姿もなかった。彼はまるで、バスに乗っているときにすぐうしろで肩を丸めて立っている男のようだった。議場の一段下がったところには、街じゅうの主立った報道関係者が手ぐすね引いて陣取っている。演壇に近いボックス席には、特別参考人が何人か坐っている。そのなかに、ホワイティング枢機卿と、水玉模様のワンピースを着た小柄な女の姿がある。女のほうは、まえに住んでいたアパートメントの大家だ。

　いったいどういうわけで彼女がここに呼ばれたのだろう？

　特別調査官はまだ私には見向きもせず、聴聞会の進行のし方や注意事項をだらだらと説明して聴衆をうんざりさせた。そして――何の説明も前置きもなく――その無表情な声で一通の嘆願書を読み上げ始めた。クビになったイザベラのボディガードからのものだった。

　私の背筋に悪寒が走った。

　エルネスト・ロドヴィーコの顔を思い出した。撫でつけた髪、奇妙にねじれた笑み、あの夜にオルシーニ邸の外で道に迷った私に彼がとった態度を。ロドヴィーコは国外に逃亡したのち、現在は、彼のまえの雇い主、パジャマ姿で刺殺された大臣の殺人容疑で起訴されている。

　ロドヴィーコはその嘆願書のなかで、自分にかけられた容疑はフィレンツェの悪徳判事による捏造だと主張していた。嘆願書は、この背後にある腐敗の構造を委員会が明らかにし、彼への起訴を取り下げるよう訴えている。さらに、ロドヴィーコがイザベラの警護の仕事からあのタイミングで解雇されたことは、決して単なる偶然ではなく、彼女をひとりにして狙いやすくする企みだった、と主張していた。そして、免責を受けられるなら、これをすべて証言してもいいと述べていた。

　委員会はこの嘆願書の扱いについて議論したが、これまでのほかのすべての議題と同様に、結局は棚上げすることに決めた。私はこのことについて考えないようにした。嘆願書の朗読もこのショウのアトラクションのひとつに過ぎないのだ、そう思うようにした。

　この年、イタリアの政治家のあいだではグレイが流行りだった。グレイに、赤の差し色。たとえば、真紅のタイ。胸ポケットに挿したチーフ。委員会のメンバーも様々なトーンのグレイを着ていた。抑えたグレイや光沢のあるもの、鮫肌のようなグレイ、肺癌のようなグレイ、古い雲とタバコの煙のようなグレイ。メンバーのうち、誰がどの派閥で、誰が敵で誰が味方なのかを見分けるのはむずかしかった。事前の取り決めにより、対抗政党にも機会を与えるため、アントニー・セッカ元老院議員が審問をリードした。小柄で小太りの男で、ほかのメンバーと同じくグレイのスーツを着ていた。黄色い歯をしていて、反吐《へど》が出るほど品のない男だった。彼は、私があの夜どんなドレスを着ていたか、どんなメイクアップをしたのかなど、オルシーニ邸でのパーティに向けて私がどんな準備をしていたかについて、集中的に訊いてきた。

「その夜にあなたが塗っていった口紅が何だったか、覚えていますか？」

　私は弁護士に目を向けた。こんな質問には異議を申し立てるのではないかと思ったのだが、彼は心ここにあらずといった様子だった。彼は、自分もその答えが知りたい、とでもいうように私をじっと見た。

「いいえ、覚えておりません」私は答えた。

　ホワイティング枢機卿が慌てて立ち上がろうとしたが、その弱ったからだでできたのは丸まった腰を浮かすくらいの滑稽な仕草で、まるで死にかけのカラスが羽ばたこうとしているようだった。

「私に反論させてください」彼は口を開いた。「ヴィットリアはいつも、口紅には人一倍こだわっておりました」

　普通ならこのような不規則発言は許されないだろうと思うところだが、この委員会には独特のルールがあった。「この女は常に、唇には入念な化粧をしておりました」ホワイティングは言った。「むろん、自分の使う口紅の銘柄など、ぜんぶ知っていたはずです」

　セッカはつづいて、カンポ広場のアパートメントを警察が家宅捜索したときに記録された口紅の銘柄を読み上げた。

　チェリー・ラッシュ。

　ローマン・タルト。

　ペイル・デザイア。

「パーティの前日、あなたは一日じゅうショッピングをしていましたね？」

「それが何の関係があるというんですか？」

「そして、あなたはご主人名義のクレジット・カードでブラウスを一着購入した、そうですね？」

　プロジェクターにあの夜に撮られた写真が何枚か映された。よく撮れた写真だった。ただし、あれは長い夜だった。カメラに捉えられた私は少々しどけない姿になっている。ブラウスが下がって片方の肩が見えていたりもしている。だらしない表情で微笑んでいて、瞳も少し輝きすぎている。

「これがその夜、あなたが着ていた服ですね？」

「そのようです」

「あなたは途中で退席されたんでしたね？」

「夫はカードをするというので、お屋敷に残りました」

「では、別々に帰ったんですね？」

「はい」

「まっすぐにご自宅に帰られた？」

　事前の準備で、パオロの弁護士が私に強く念押ししたことがある。どんな些細なことでも、決して偽証はしないこと。私は、証人席でホワイティングの隣に坐る大家の表情を探った。水玉を着た彼女は別段うれしそうな顔はしていなかった。

「いいえ」私は答えた。「帰ろうとしたんですが、タクシーが見つかりませんでした」私は道に迷った挙げ句に、結局は邸に戻ったことを話した。「兄がドアを開けてくれました」

「その夜はオルシーニ邸に泊まったんですね？」

「そうです」

　私は次の質問を待った——と同時に、それにどう答えればいいのか迷っていた。庭の離れにオルシーニが入っていくのを使用人か誰かが見ていたかもしれない。あるいはイザベラが死ぬまえに、パオロと私がいっしょにいるところを見たと誰かに話していたかもしれない。

　だが、セッカはそんな質問はしてこなかった。

　委員会は何もつかんでいない、私はそう悟った。彼らがイザベラやフランクの死について何らかの証拠を握っているのなら、とっくのむかしに表に出てきているはずだ。とどのつまり、彼らにできるのは関係者の怪しい素振りを突いてくることだけなのだ。

「ご主人は翌日も外出されましたね？」

「はい」

「ご主人の外出中に、誰かあなたを訪ねてきた人はいましたか？」

大家は私と目を合わせようとしなかった。私は、なぜ彼女がここに呼ばれたのか、この審問がどういう結論に向かっているのかを理解した。つまり、党がどういう取り引きをしたのかを。私の役目は尊厳を捨て、ふしだらな女を演じること。その代わりに、委員会はパオロ・オルシーニへの追及をやめる密約を結んだのだ。

「それがこの件とどういう関係があるのかわかりません」

「いいえ、充分おわかりのはずです」セッカ議員は言った。

彼はその視線を、ブルーのガーゼ地に白い水玉模様の入った服を着たかわいそうな女、私がまえに住んでいたアパートメントの大家に向けた。小柄で、年老いて痩せた肩の女。ときおり、その肩が神経症でも患っているかのように小刻みに震えている。

セッカは大家に対し、その日アパートメントを訪れたのはどんな男だったかと質問した。

「私は下にいましたんでね」女は答えた。「私のいたところからはよく見えなかったんですよ」

「見たことを教えてください」

彼女は私のほうへ顎を突き出した。「あの女です」

「ミセス・パリスですか？」

「そうです」

女の顔には不快感がありありと表われていた。

「あなたが見た状況をお話しください」

「ヴィットリア・パリスがアパートメントの戸口に立っているのが見えました」

「それだけですか？」

「いいえ」

「ほかには何を見たんですか？」

「彼女のまえにひざまずいている男がいました。頭をスカートに突っ込んでね」

女はこのことばをちょっとうれしそうに、さらには多少の侮蔑を込めて言った。言ったあとの表情は、いかにも満足そうだった。議場は急に生き返ったように騒然となった。

「その男が誰か、確かめることはできましたか？」

「確かめるなんてしませんでしたよ。私には関係のないことですからね。だけど、そのあと階段を下りてくる足音を聞きました。私の主人も聞いてますよ」

「下りてくるとき、男の顔は見ませんでしたか？」

女の表情は弱々しく、頼りなげで、恐れているようにも見えた。私のほうを見ようとはしなかったが、彼女が私のことを恐れているからではないことはわかっていた――結局のところ、私の人格を攻撃することと、権力者パオロ・オルシーニの名前を口にすることには、天と地ほどの差があるのだ。

「誰も見ませんでした」彼女は言った。「見ようともしませんでしたから」

セッカがさらに問いただすのかと思ったが、彼はもっとずるい手を考えていた。彼はここで間をとった。議場の大スクリーンに恐怖を湛えた女の表情がアップで映っている。彼は私に顔を向けた。

「あなたのまえでひざまずいた、という男性」彼は言った。「それは誰ですか？」

議員の表情は、これで私を追い詰めたという満足感で輝いていた。どう答えようと、逃げ場はない。なぜなら、パオロではないと答えれば、それは別の男だったことになり、いずれにしても私はふしだらな女だということになる。裏取引の内容がこれでさらにはっきりした。ここにいる男たちが求めているのは正義でも何でもない。こいつらが求めているのは、すべての責めを負わされる悪魔なのだ。つまり娼婦であり、売女《ばいた》だ。私はパオロに売られてしまったのだろうか、そう思った。

「誰も来てません」

「ミセス・パリス、あなたは明らかに嘘をついておられる。この女性もそのご主人も、あの夜に階段を下りてくる足音を聞いたと証言しているんですよ」

「足音？」

「そうです、足音です」

「いったい私にどう答えて欲しいんですか――私が脚を広げて、その力でもってイザベラに呪いをかけて殺したとでも？　同じようにして、主人を馬から突き落としたとでも？」

　議場がまたざわつき、まるで街なかで女性をからかうイタリア男が口にするような野次や嘲笑が飛び交った。

「そのように当聴聞会をおとしめるような下品な発言は慎んでいただきたい」セッカが言った。

「でも、あなたが私をおとしめるのは許されるというんですね？」

「あなたを議会侮辱罪に問うことになりますよ」

「そのことばをそっくりあなたにお返しします」

「ミセス・パリス――」委員会の別のメンバーが議事進行を正常に戻そうと、割って入ろうとした。たしかオルシーニと同じ党に所属する元老院議員で、もしかすると派閥の長、党委員長《イル・プリモ》だったかもしれない。全員がグレイのスーツを着た委員たちは、誰が誰やらよくわからなかった。私はこの委員にも噛みついた。

「これが、あなたたちが結んだ裏取引というわけですね？」

「ミセス・パリス――」

「私を犠牲にしてこの茶番劇を演じているあなたたちが、陰でどれだけ腐りきっているのかと思うと――」

「ミセス・パリス――」

特別調査官が小槌を鳴らした……だが、私のなかで解き放たれた何かはもう止めようがなかった。こいつらはみな偽善者だ……愚か者だ……考え得る様々なケチな悪事に手を染めているし、なかにはそれ以上の罪を犯している者だっている……そのせいでこの国は衰退の一途をたどっている……なのに、こいつらがすることといったら、若い女をつかまえて……名もない普通の女を……しかも孤児で……未亡人を……そして、その女がアパートメントの戸口でスカートを捲くって見せたかどうかを追及するのだ……

聴衆は口笛を吹き、足を踏みならした。小槌がまた振り下ろされた。私の耳には野次と拍手の両方が聞こえていた。弁護士が私の肩に手を置いて黙らせようとしたが、そのとき私のなかでカーテンが揺らめき、そのカーテンを這い上がる影が目に入った。

「静粛に！」特別調査官が声を張り上げた。「静粛に！」

彼の言うことを聞く者などいなかった。委員のあいだには対立ができていた。彼らが互いに議論をし始めると、議場はさらに騒がしくなった。聴聞会は収拾がつかなくなりつつあった。議員のひとりがマイクを手にした——オルシーニの仲間か、面目を取り戻そうとする対抗政党のひとりか、私にはわからなかった。彼は、私の不規則発言は叱責しながらも、議会侮辱罪の申し立ては当面のあいだ見送ることにすると発言した。

「時刻もだいぶ遅くなりましたし、本日の審問がかなり感情的なものになってしまったことに鑑み、このつづきは次回の聴聞会に持ち越したいと思います——その間、証人はこのむずかしい問題について弁護士とよく話し合われることを勧めます」聴衆から野次が飛んだ。

私は廷吏に先導されて議場を出た。顔がほてり、目眩がした。暑い日で、その暑さにやられてしまったのかもしれない。車のバックファイアーの音が聞こえた。

私の眼前に地面が迫ってきた。

それはスローモーションのように起こった。その昔はオーストリアの王女が住み、その後に内装が一新され、イタリアの民主主義に資するべく改装されたマダマ宮殿。テレビカメラが待ち受けるなか、その正面扉を出たところで私の膝から力が抜けた。横にいた警備員の肩にかけた片手が滑った。

「倒れそう」

私は気を失った。わざとやったと思う向きもあったが、私はかなりの勢いで石畳に倒れた。まわりの騒ぎは耳に入ってきた。バッグからは物がこぼれ落ち、ストッキングが破れた状態で、私は地面に横たわっていた。起き上がろうとしたが、また世界が暗くなり、暗くなっているあいだにニュースが世間に広まった。

〝ヴィットリア、マダマ宮殿のまえで卒倒する〟

私は病院に搬送された。二日後、医師の勧めに従い――そして、党の指導者の後押しを受け――私は都会から離れたカトリック系の療養施設に連れていかれた。あとで聞いた話だが、私の写真がフォロ・ロマーノの露天商で売られ始めたのは、このころからだったらしい。

19

聖血礼拝修道院《イル・サングエ》は、古代ローマの中心地だったアヴェンティーノの丘の上にあった。外壁のすぐ外には中世の時代から建つ教会があり、正面扉まえのホールに台座に載ったピウス教皇の像があった。教皇は頭を下げ、キリストが説いた八福の教えを思い起こさせる笑顔を浮かべている、はずだったが、私には罪を罰するものにしか見えなかった。教皇の脇を抜けて通路を進むと、街を見下ろせる見晴台があった。ここに来た最初の日、夕焼けを背景にしてここに立つ尼僧たちを見た。羽根のような修道衣を着たその姿は、枝に集まった鳥のように見えた。

私の入所はオルシーニの党の実力者によって手配されていた。私をいったん、世間の目から隠すことにより、委員会がこれ以上の審問をつづけることに非難の声が高まるようにするため、そう彼らは説明した。党は、修道院の贖罪司祭であるアンジオスティ神父とつながりがあり、この司祭が修道院と話をつけてくれたようだった。

私は小さな部屋をあてがわれた。質素な家具が備えつけてあり、窓からは庭が見えた。早朝には鳥の声が聞こえ、朝の礼拝の声も聞こえた。自ら進んで来た場所ではないが、私はこの硬いベッドと苦いコーヒーが気に入った。ただし、修道院は必ずしも隠棲の場とはいえなかった。私が外の世界で接してきた陰謀が、やがてここにも忍び寄ってきたからだ。

20

修道院内では、助言者のような役目を負った尼僧が私につけられた。ヴァレンティナ・マリエという見習いの尼僧で、私よりほんの少しだけ年上だった。ヴァレンティナはランボルギーニ家の血を引く娘だった――車ではなく繊維のほうだ――彼女の父親はミラノのファッション業界では相当な影響力を持っているようだった。黒くきらきら輝く目をした神経質そうな娘で、私の置かれている状況をわかっていた。修道院というのは、世間にそう見せているほど外部から隔絶しているわけではないらしい。院内の図書室には日刊紙が届けられているし、尼僧の多くは部屋にインターネットがつながる機器を持っていた。

「そういうものは持たないようにって言われるのかと思ってたわ」

「そうよ」ヴァレンティナは言った。「だけど、瞑想に使うならいいのよ」

「ゴシップは違うでしょ？」

「ゴシップだって聖なるものと言えないことはないわ」

一見したところ、ヴァレンティナはいかにも苦労のなさそうな娘で、その印象は着ているもののせいでさらに強められていた――シンプルな麻のローブに、首もとには小さな十字架のネックレス――だが、この印象はその本当の姿とはかけ離れていた。外の世界にいたときの彼女は鎮痛剤とアルコールの依存症に冒され、中絶医師の世話にも二度なっていた。そのほかにも何か別の罪で起訴されそうになっているらしい。彼女はこういったことをすぐに話してくれたわけではなく、礼拝の合間を縫って少しずつ教えてくれたのだった。

「そういうことからぜんぶ逃れられたのは、もちろんありがたいわよ」彼女は無邪気に言った。「だけど、結局はあなたとおんなじで、ほかにどうしようもないの」

「どういうこと？」

「ここにいないなら、裁判を受けるしかないってことよ」

「だけど、あなたもすっかり心を入れ替えたんだし、シスターたちが証言をしてくれれば、情状酌量もしてくれるんじゃないの？」

「それだって限界があるのよ。私が見習いの尼僧として宣教師にしてもらえないかぎりはね。アフリカか、でなければ南アメリカとか。そうなったら初めて情状酌量を認めてもらえるかもしれないわ」

「アフリカ？　それはだいぶ厳しすぎるんじゃない？」

「あなたは実情を知らないからよ。それに、父が私をここに入れるためにどれだけのおカネを払ったかもね。父はそれくらい私を家から遠ざけたいのよ」

　実情、というのはかなり血生臭い出来事も含んでいた——彼女の恋人でジゴロのような仕事をしていた男がはさみで刺されて死んでいたのだ——だが、私はまだその話を聞いてはいなかった。ヴァレンティナは何かと親切にしてくれ、私には知りたいことがあった。タブレットを持っている彼女が、私にとって外界のニュースを知る唯一の情報源になった。ただ、その情報は不正確で、互いに矛盾していることもあった。委員会が聴聞会の無期延期を決めたというニュースがあったかと思うと、次にはパオロが自分の政治生命を守るために私を切り捨てた、とするものがあったりもした。

「神父様に相談するといいわ」ヴァレンティナは言った。「そうしたら弁護士さんと話すことくらいはできるようにしてくれると思う。リハビリがある程度できた人には、けっこうそういうことも許されるんですって」

「そうしてみるわ」

「だけど、それには啓示を受けないとダメなのよ」

「啓示って？」

　彼女は目を輝かせて答えた。「パンフレットを読んでごらんなさい。ここに入るときにもらったでしょ？」

　私は、二人いるうちの若いほうの司祭、シロッコ神父に面会を申し込んだ。アンジオスティ神父にしなかったのは彼が党とつながっているからで、話した内容が党に漏れるのではないかと思ったのだ。シロッコ神父を信用できると思う理由は何もなかったが、少なくとも彼のほうが若かった。ブルーの瞳に金髪をしていて、その顔は白いあばたがいくつもあるまだらな肌をしていた。彼がすぐに神の許しに話を移してしまったので、私はがっかりした。

「告解には来ていますか？」

「ときどきは」

「ここに来てからは？」

「神父様、正直言って、ここに来てからは罪を犯す機会がありません」

　神父の顔にほんの少し笑みが浮かんだ。

「しかし、あなたがここに来たのには理由があるはずです」

「私、倒れたんです」

「あなたはここに身を隠す代わりに、当修道院の回復プログラムに参加する約束をしたはずですね。外界を遮断するということももちろんありますが、ほかにもグループ・セラピーやからだのケアも必要です。ですが、それに加えて魂の救済も必要なんです」

「瞑想はしてます。お庭で。ほかの皆さんといっしょにね」

「聞いたところによると、グループ・セラピーではほとんど発言していないそうですね」

「人の話に耳を傾けているんです」

「セラピーは役に立っていますか？」

「はい」

「では、これは？」

「えっ？」

「わたしは心理学の学位を持っています。こういうセッションは別に暗い小部屋に入らなくてもできるんです。まあ言ってみれば、もっと現代的なやりかたがあるということです」

「神様はどこにでもいらっしゃる、というわけですね」

「そうです」彼は言った。「安心してください。小部屋に入ろうと入るまいと、告解の内容は誰にも明かさないというルールに変わりはありませんから」

　告解とは神聖なもので、絶対に他言してはいけない決まりになっていることは知っていた。だが所詮、相手は人間だ。神父同士のあいだで話をすることだってあるに決まっている。それに、組織の内側や外側から圧力もかかるだろう。たとえばオルシーニの党や、ホワイティング枢機卿のような連中から。こういう場にも陰謀は存在しうるのだ。職業上の道徳心だって、こと次第によっては曲げられることもある。

「ここに来てから誰とも話す機会がありません。私のいまの法的な立場について弁護士に訊くことすらできていないんです。外の世界で何が起こっているのかがわかれば、私の気持ちも穏やかになると思うんですが」

「何かを恐れているのですか？」

　彼の青い目でじっと見つめられ、唇が震えるのを感じた。それも演技だったのかもしれないが、よくわからない。私はほとんどこの神父を信じる気になっていた。

「ときどきは」私は答えた。

「パオロ・オルシーニのことをですか?」

彼の目は同情心に溢れて優しかったが、同時に野心のようなものも感じられた。この神父は見た目どおりに善良な人なのかもしれない。だが、善良な人ほど信頼してはいけないものなのだ。

「よくわかりません。誰を恐れるべきなのか」

「それはいちばんいけない恐れです」彼は言った。「正体のわからない恐れが」

それから、彼は死の瞬間のことや、時というものの計り知れない性質について話しだした。ある人物のことも——たとえば、聖アウグスティヌスのこと——彼は日記を書いているときに死の予言を経験したという。その瞬間に人は永遠の暗黒を目のまえにし、神の足下にひれ伏さなくてはならなくなる。告解とはその究極の服従のための準備であるだけでなく、その前兆であるだけでもなく、死の瞬間そのものに入っていく方法なのだ。なぜなら、すべての時はたったひとつの時であり、すべての瞬間はたったひとつの瞬間だから。また、私たち人間はひとり残らず、ただひとつの瞬間に永遠に囚われつづける存在だから。神父のことばに耳を傾けるうち、私はまたあの暗黒が迫ってくるのを感じずにはいられなかった。それはもしかすると、彼の話す内容の一部を実際に体験していたのかもしれない。もしかすると、私はその永遠の瞬間のなかにいて——自分の外に飛び出して自分を見下ろし——いつものあの場所だけではなく、いま私が住むこの大通り《アヴェニーダ》のそばの家や、あのバルコニーや、いろいろなところに同時に存在し、下から誰かが駆け上がってくる足音を聞いているのかもしれない……

ロドヴィーコ。

あの男の顔、あのいやらしい口元……

びくりとして、私は正気に戻った。

司祭が何か答えを期待するように私の顔を覗き込んでいる。

「どうしました？」

私は首を振った。目に浮かんでいた光景は、現われたときと同じようにあっという間に消え去った。それとも、あのような前兆を見たのは錯覚で、たったいまあとづけのように想像しているだけなのか？　司祭のつまらない話のせいで、私の頭がどうにかなってしまったのだろうか？

「何でもありません」私は答えた。「電話をかけさせてもらえないかと思いまして。たとえば、弁護士に。でなければ、兄に」

司祭は視線を落とした。

「ときには内省によって平穏を得るのがいちばんいい場合があります。世界の乱れから身を遠ざけてね。それに、心の乱れからも」彼の笑顔は作ったように優しく、声も落ち着いていた――許可を出す気がないのは明らかだった。「あなたが話したいと思えば、私はいつでもここにいます」彼はそう言ったが、もうこの男に信頼を寄せることはできないと思っていた。あばた顔にも青い目にも、もう騙されることはない。

「私、免除してもらえることになったの」ヴァレンティナが言った。

「裁判所から連絡があったのね？」

「起訴は免れることになったの。いま手続きが進められてるわ」

私たちはクランベリー・ビーンズの畑の横にある庭で、汗を流しながらかがみ込んで土に手を突っ込んでいた。シスターたちは丘の下のほうにあるトマトやトウモロコシの畑で働いていたが、私たちの声が届く範囲には誰もいなかった。「見習い宣教師として受け入れが決まったのよ。赴任地はシエラレオネ」

「アフリカの？」

「まあ、ぜひ行きたいって思うようなところじゃないけど、少なくとも都市部なのよ。受け入れてもらえないんじゃないか、って心配してたんだけどね」

「どうして?」

「それはね――見習い宣教師になる人には不真面目なのがいるからよ。真剣に仕事をするつもりもなく、ただ脱出の方法として利用する人がいるのよ。赴任先に着いて二、三カ月とか一年とかすると、そういった連中はどこかに消えちゃうんだって。そうなると二度と戻ってこないわ。特におカネを持っている人たちはね」

「そうなのね」

「それが法の手を逃れる方法なのよ。もちろん、私はそんなことするつもりはないけど」

「もちろんよ」

「なかにはイタリアに舞い戻ってくる人もいるんだって。名前を変えたりしてね。変えない人もいるらしいわ、その手口によってはね」

「おカネ次第ってこと?」

「そう。だけど、おカネ以上のものが必要なときもあるのよ」

「何なの、それは?」

「相手の機嫌を取るには別の方法もあるってことよ」

彼女はことばを切り、私を見つめた。「相手が求める情報がないとダメなこともあるってことらしいわ。ちょっとした司法取引みたいなものね」

　ヴァレンティナはその後もしばらくは修道院にいた。待たされたのだ。その間、私は彼女を通じて外界のニュースを聞くことができた。新たな情報が一気に入ってきたが、相変わらず矛盾だらけだった。私は尼寺で改宗したらしい、とか。委員会が私を無理やりここに監禁していて、オルシーニが議員専用のリムジンで修道院の外門にやって来ては、半狂乱になって私を解放しろと騒いでいる、とか。

　そして、ある手紙を巡る騒ぎ。

手紙をネタにするなどというのは、タブロイドのお決まりの手法だ。

　この手紙はイザベラの弟フランチェスコが書いたとされるもので、妙に歪んだ扇情的な論法を使って私への秘めた想いを告白していた。彼は手紙のなかで世間の私への攻撃を嘆いていた。姉の死について私を責めることはなく、私の兄がオルシーニの手先となって動いたのではないかと疑念を示し、共謀する二人のあいだに挟まれて私が苦しんでいる、と訴えていた。彼はこの疑いをまえから持っていたのだが、私に対する気持ちについてはずっと気がつかないでいた。それが、マダマ宮殿のまえの石畳で私を見た瞬間に、初めて意識したのだという。

「パオロは妬いてるわ」ヴァレンティナが言った。彼女は決して私にはタブレットを見せることはなく、いつも部屋に隠していた——盗られるのを恐れていたのだろう。「それがもっぱらの噂よ。表向きは鼻で笑ってるけどね——内心は何を信じていいのかわからないでいるのよ」

「彼は、こんなものは嘘っぱちだってわかってるわ」

「あなたたちのあいだを裂こうって魂胆よね」

「こんなのただのタブロイドよ」

「このロドヴィーコって男……」

「彼がどうしたって？」

「この男は、あなたとあなたの兄さんに特別の憎しみを抱いてるみたいね。それと、オルシーニにも」

「クビにされたからよ」

「殺し屋だって噂だけど」

「そんなこと、まえから言われてるわ」私は言った。「どうしてそんなことを持ち出すの？　私を怖がらせたいの？」

「ごめんなさい」

　彼女は私の首に片腕を巻きつけ、優しくさすりながら甘い声で心配はいらないと囁いた。私は少しだけ彼女にもたれかかった。事実、私は恐れていた。パオロの敵と仲間、その両方に挟み撃ちになっているような気分だった。「宣教師見習いになるなんて、バカなことをしてるって思ってるんでしょう」彼女は言った。「だけど、そうじゃないわ。あなたもこの苦境から逃げ出したいなら、アンジオスティ神父に相談すればいい」

「そんなことできるとは思えないわ」

「南アメリカっていうのはね」彼女はつづけた。「みんなが思ってるよりずっと現代的なところよ――赴任地は都会だし」

「私にはわからないけど」

「候補地はほかにもあるわ。だけど、そのためには真剣に告解をしなくちゃダメよ。ときには、偉い神父様の指示で何らかの賠償をしなくちゃいけないこともある。私の場合は、被害者の家族に対してだった……あなたの場合はまた別でしょうけど。だけど、真剣さをしっかり見せて、あなたの本心が清らかだったら……」彼女は笑みらしきものを浮かべた。「アンジオスティ神父がきっとあなたにも宣教の場を与えてくださるわ」

「私は自分の意思でここにいるのよ」そうは言ったが、厳密にいえばそれは本当ではなかった。「それに、いままでお話ししたことのあるのはシロッコ神父だけだし」

彼女は信じられない、という顔をした。

「あの人は信用しちゃいけないの？」

「こういうことを決める権限があるのはアンジオスティ神父だけってことよ。実際の手続きにしたって、あの人のほうがよく知っているんだから」

私は、荒れていたころのヴァレンティナを想像してみた。その黒い瞳と、突き出した唇を。高価なドレスを身にまとって〈ホテル・ローマ〉のベッドに坐り、サイドテーブルにはアルミフォイルが広げられている。

テーブルを挟んで恋人がいて、彼女の黒い瞳を見つめている。

「彼を愛しているの？」

「誰のこと？」

「パオロよ」彼女は言った。「イザベラの旦那さん」

そのことばを聞いてはっと気がついた。私は自分の言動には気をつけなければならないのだ、と。もしかすると、彼女の態度に何かを感じ取ったのかもしれない。あるいは、私の返答がほかの誰かの耳に伝えられてしまうと思ったからか。私は躊躇した――彼女が自分の自由を得るために誰とどんな取り引きをしたのかわからなかったから――そして、何よりも私自身の身の安全を図ることのできる答えを口にした。

「ええ」

彼女は私にキスをした――少々熱のこもりすぎたキスを――そして、私を強く抱き寄せた。翌朝の礼拝のとき、彼女はもういなくなっていた。

その日、私は礼拝堂に行き、告解を待つほかの人たちとともに薄暗がりにひざまずいた。大きい顔でがに股のアンジオスティ神父が告解を受けるためによろよろと現われた。黒い祭服と司祭が首にかけるストラを身につけている。告解室に入る彼は顔を上げなかったが、床に向かって笑みを浮かべていた。その笑顔は、正面玄関まえのホールにある教皇像にも似ていた。彼が告解室に入ると、ひとりの尼僧もそれにつづき、小部屋の上のライトが赤く光った。シロッコ神父ももうひとつの小部屋に入っていて、告解者を待っていた。

私はこの二人の司祭のどちらを信じればいいのか考えた。いや、どちらに相談しても、私の話したことがほかの誰かに伝わってしまうのではないだろうか。

私は目のまえで十字を切り、礼拝堂をあとにした。

修道院は川を見下ろす崖の上にある。庭のいちばん奥には、斜面を下ったところに中世の時代からそこにある塔が建っている。塔の内部には急な螺旋階段があり、幅は狭くて薄暗く、一段一段が高くて天井が低いため、これを上るには腰をかがめて膝を大きく上げなければならなかった。いちばん上まであがると視界が開け、旧市街の景色が一望できた。ときおり、年配の尼僧たちがここに上がって祈りを捧げたりしているが、この時間には誰も来ることはなかった。

　私のような部外者、つまり療養患者は好きなときにこの聖血礼拝修道院《イル・サングエ》を出ていけることになっている。このままぶらぶらと街に戻っていくことだってできるはずなのだ。誰も止める者はない。だが、現実にはそうするのはむずかしい。まず、着ている服の問題がある。カネの問題がある。それに加えて、鍵の掛かった正門とその鍵を持つ人の問題があり、ここに入るときにサインした書面の細目もまた問題となる。つまり、ここを離れるには精神鑑定による許可が必要で、場合によっては患者を拘禁したり、別の施設に移送したりする権限が、修道院側にはあるのだ。

　素晴らしい眺めだった。古い大聖堂や遺跡、テヴェレ川が暮色に染まり、手前には前庭がだらだらと下っていった先に、ルンガラ通り沿いの廃墟や走りゆく車が見えた。

　私に自殺願望はない。少なくとも、普通の意味では。だが、塔の側面から眼下の岩を見下ろすと、頭がくらくらしてきた。

　司祭のことに考えを戻し、薄暗い告解室に入って慈悲を求める自分の姿を思い浮かべてみた。だが、何を懺悔すればいいのか？　私に言えるのは、自分の意思で起こしたことはひとつもないということだ。すべては、私をだしにして兄が仕組んだこと。ほかの男に取り入ることで生きる兄——そうやっておいしい汁を吸う——私をそんな男たちに差し出すことによって。そして、その男たちが役に立たなくなると……

　私は考えるのをやめた。

彼らが求めているのは謙虚さであり、罪に手を染めたことや後悔を認めることだ。そうして初めて許しが与えられることになる。ただ、私はそれを額面どおりに受け取る気持ちにはなれなかった。連中が本当に求めているもの――それがどの派閥か人物かはわからないが――それはオルシーニを破滅させられる弱みだ。ヴァレンティナが仄めかしていたのも、それだったのだと思う。と同時に、私は別の可能性も考えていた――つまり、これはオルシーニが私に課した一種の試験で、プレッシャーの下で私が彼を裏切ることがないかどうか試しているのだ。

告解には行かなかった。

たぶん、それが賢い選択だった。

なぜなら、そのあとで中央回廊を通って自分の部屋に帰ろうとしたとき、そこにパオロが立っていたからだ。

「きみに会うためにとんでもない苦労をしたよ」彼は言った。

パオロの髪には白髪が混じり、髭も剃っていなかった。彼の横にはボディガードが何人かと、弁護士もいた。私たちはその場に立ったまま、互いを見つめ合った。

「おいで」彼が言った。

整理しきれない気持ちを抱えてはいたが、私は迷わなかった。彼に駆け寄り、両腕で抱きついた。

21

私たちはスロヴェニアの沿岸の町、ピラン近くの海岸の沖にいた。これが私たちの新婚旅行で、今日はアドリア海に船を出していた。入り江の反対側にはリルケが滞在したという城がかすかに見え、トリエステの街も臨めた。この歴史ある港町は、第二次世界大戦のあとイタリアに返還された。もとは重要な港湾都市だったが、いまでは主要な物流ルートからは外れてしまい、古めかしいだけの忘れ去られた街になっている。初めてイタリアに来たときに、フランク・パリスに連れてきてもらったことがある。いまはそんなことを話すことはない。もっといえば、聖血礼拝修道院《イル・サングエ》にいたときのことも、私たちが互いに感じている疑念についても、話すことはない。

「ローションを塗ってくれる？」

「喜んで」

私は裸だった。二人とも裸だった。船を岸から百ヤードくらいのところに停泊させたまま、私たちは海岸まで泳いでいた。砂地に近いところの水深はごく浅く、底は岩場になっていたので、私たちはがに股でつま先立ちになって歩いてこなければならなかった。パオロが私の肩に両手を置き、首もとの筋肉をつかんだり、揉んだり、さすったりした。彼は両手の拳を使って背骨の両側を上から押していった。気持ちよかったが、同時に恐ろしくもあった。

「何もかもきっとよくなるさ」彼が言った。

「何もかもきっとよくなるわ」

「私はきみに夢中だよ」

「私もあなたに夢中よ」

「きみのからだを触るのが好きだ」

「あなたの手の感触が好き」

「きみは世界じゅうでいちばん美しい」

「いいえ、美しいのはあなたよ」

私はずっと腹を下にして砂に寝そべっていた。彼の息を耳に感じる。パオロは体重をかけて私の背中を押した。この一カ月、私たちは地中海を囲むあらゆる場所に行った。リヴィエラ、カプリ、シチリアにも行った。いまはクロアチア沖の大きな島にある小さな別荘に滞在している。そして、今日はそこから船で出かけたのだ。

ローマでは委員会が捜査の終了を決めていた。あの赤の差し色を入れたグレイのスーツに身を包んだグレイな男女たちが、裏で密約を結んだ結果だった。それには、公共事業の契約や予算審議が絡んでいたらしい。マスコミは私たちの新婚旅行もしつこく追いかけてきて、モンテ・カルロでは見つかってしまった。その直後、私たちはリヴィエラを立ち去ったが、それでゴシップが収まったわけではない。

〝疑惑の新婚夫婦、コルシカ島に潜伏〟

〝ヴィットリア、イザベラの幽霊に怯える〟

〝フランチェスコ、マフィアの殺し屋を雇う〟

〝幸福に酔う夫婦、ホワイティング枢機卿を嘲笑う〟

滞在している島の別荘はイザベラの家族のものだったが、人里離れているのが利点だった。私たちは錨を上げ、別荘に戻った。イザベラの家族はまだ所有権を求めて争っていたが、イタリアの法律に従い、その権利はパオロが相続していた。

「どうして私をここに連れてきたの?」

「美しいところだからさ」

「これはあの人のものだったのよ」

「そうとは言えないさ。これほど美しいものは、ひとりの人間が所有していいものじゃない」

「だけど、あなたは彼女ともここに来たんでしょ？」

「そんなこと関係ない」

「あの人の存在を感じてしまうわ」

　そのあとしばらくして、私たちは別荘を出て海岸まで歩いて行った。海岸線は長く、延々とつづく灰色の砂地が海に洗われていた。映画監督だったイザベラの父は、この場所で何本かの映画を撮った――そうするなか、イザベラの最高傑作になったあの作品もここで撮影された。彼女があの有名なドレスを着た映画だ。

「きみが何を考えているのかはわかるよ」

「そうでしょうね」

「言ってみてくれ」

「口に出していいことではないわ」

「ならば、忘れるんだ」

「兄は――」

「シーッ」

「そして、あなただって――」

「世のなかには嫉妬深い連中がいる。奴らは自分の見たいものしか見ない。マスコミのことも、事故のことも、恐ろしい偶然のことも……そんなものに惑わされてはダメだ」

「だけど、あの二人の事故はあまりにもタイミングが良すぎるわ」

「この世には運命というものがある。それだけのことだ」

「そうね」

「それに、きみだってそうなればいいと思わなかったわけではないだろ？」

「そんなことないわ」

「嘘をついてはいけないよ」

　空は赤く染まり、波は穏やかだった。潮の香りが漂い、遠くに浮かぶ船が見える。ここは海のなかにぽつんと浮かぶ島だった。だいぶ離れたところにある防波堤にクロアチア人のカップルがいた。私たちに気づいてしまうのではないかと思ったが、この村に住むのは石造りの家に住む漁師かヤギ飼いで、私たちのことなど気にもしないだろう、と考え直した。

「まあ、そんなことはもうどうでもいい――捜査は終わったんだ」彼は言った。「警察だって私たちに手を出すことはできないさ」

「それは確かなの？」

「心配する必要なんてもう何もないんだ」

どこを見ても彼女の存在を感じた。海を見ても。そよぐ風にも。私が肩にかけたセーターにも、首に巻いたスカーフにも。パオロが私に触れたときにもそれを感じた。

「いや」私は囁いた。「お願い」

だが、パオロは私にキスをした。

彼の両手がスカートのなかに入ってくる。

そして、岩に挟まれた砂地の上に私を押し倒した。

「決してきみを傷つけたりしない」

「ほんとう？」

「約束する」

「私を守ってくれるのね？」

「もちろんだ」

私の息は荒くなり、その腕は彼を抱き寄せてはいたが、その瞬間、私はこの男のことを信じられないことに気がついた。そう、これっぽちも。私はイザベラの匂いを感じた、彼女の香水、髪の毛の匂いを。そして、フランク・パリスも。かわいそうな、馬鹿なフランク――彼の匂いも私の鼻孔を強く刺激した。

両脚を空に突き出し、彼を強く抱きしめながら私は声を上げた。

そして、震えた。

朝になると、彼らの気配は、まるでそんなものなど最初からなかったかのようにすっかり消えていた。

地面を焦がすような白い陽の下で、私はパオロに朝食を作った。二人は地球の隅っこに住む、ごく普通の夫婦だった。そんなふうにここで三週間を過ごしたあと、私たちはローマに戻った。騒ぎは沈静化していた。私たちは二人でオペラに出かけた。ディナーに客を招待した。私は、ローマを舞台にしたアメリカのテレビ・ドラマに小さな役で出演し、私の写真が芸能誌に載ったり、《ヴォーグ・イタリア》の表紙を飾ったりした。なかの特集記事には兄と私のインタビューが掲載された。そうしてある日、ヴァティカンの礼拝堂から暗い雲が上がった。

教皇が死んだのだ。

そして、ロドヴィーコは何らかの手を使い、イタリアへの再入国の許可を得た。

22

教皇が逝去したあと、邸からかなりの数の使用人がいなくなった。洗濯女は仕事の途中で消えてしまい、地下室の洗い場に置きっ放しになった下着が嫌な臭いを放っていた。料理人もひとり消えた。警備員や事務係も何人かいなくなった。その理由はよくわからない。ここのところ、マスコミはひどい噂を流している。そのなかには、古い噂がまた復活してきたものも、新しいものも含まれていた。

街では、ヴァティカンの煙突からいまだ黒い煙が天に向かって立ち昇っている。

この伝統は古い。教皇が逝去するとこの黒い煙が焚《た》かれ、空に筋を描いて上がりつづける。その間、礼拝堂のなかでは次の教皇を選出するために枢機卿団が集会をつづける。決定が成されると、煙の色が白くなる。その煙はローマの空を白く染めるくらい盛大に焚かれる。これが、新しい教皇がまもなくサン・ピエトロ大聖堂のバルコニーにお出ましになる合図となる。この瞬間を待ちわびていた街の人々は、昔からそうしていたように、ポポロ門を通ってテヴェレ川沿いに歩き、大聖堂まえの広場に集まってその登場を待ち構えている。

モンテ・ジョルダーノの邸からも遠くの空を焦がす黒い煙が見えた。

「狂信者め」パオロが言った。「ああいう連中が何もかもをダメにするんだ」

〝新しい教会〟運動のことが気になり、ほかの議員たちの動向にも疑心暗鬼になっている彼は機嫌が悪かった。彼にはそれだけではなく、新しい問題や新たな敵ができていた。それは、パオロ自身の家族とのあいだのいざこざで、相手は彼の妹とその夫だった。あのウツィオ駅開発プロジェクトで、仲介役の仕事をジョニーと交代させられた義理の弟だ。この男はむかしから粗野な男だったが、最近ではその鬱憤を義理の息子であるダーツィオにぶつけているらしかった。

そのため、パオロの妹はダーツィオを私たちの邸に住まわせてくれるように頼んできたのだった。

パオロはこの甥っ子を可愛がっていて、私も彼のことは好きだった。このことを嗅ぎつけたマスコミは、これを家族内の対立とか、ジョニーとダーツィオの父親のあいだの義理の兄弟同士の確執、などとおもしろおかしく騒ぎ立てた。

「かわいそうなダーツィオ」私は言った。「記者っていうのは、なんでもかんでも三文芝居にしてしまうんだから」

「この教皇選びの騒ぎも三文芝居だ」兄が言った。「枢機卿連中が次に誰を選ぼうと、何も変わりはしない」

　パオロは首を振った。

　彼は結婚してから太ってしまい、最近では医者にも原因のわからない痛みに苦しんでいる。

「それは違うな」彼はジョニーに言った。

　パオロは自分の胃のあたりを触った。彼は心配事を抱えていた。国内の枢機卿たちは絶えずパオロのことを非難していた。彼らは、組織犯罪に対して対策を取らない政府も批判していた。さらには、重要な立場にいる政治家が愛人を妻にする、しかも両方の配偶者だった人を埋めた土はまだ乾いていない、そんなことが許されるような世のなかの堕落した風潮を嘆いた。こうした批判を繰り広げる人々は、その陰でラッツィンガー枢機卿の擁立に動いていた。このドイツ人の教皇制擁護主義者は〝新しい教会《ヌオヴァ・ピエタ》〟という呼びかたを考案した人で、ホワイティング枢機卿も《アッヴェニーレ》のなかで大っぴらに彼を支持する内容のコラムを書いていた。

「そんなことは雑音と思えばいい」兄が言った。

「そうとは言えないさ」

「ラツィンガーはドイツ人だ。イタリアの政治のことなんか気にすると思いますか？」

「彼が教皇になったなら、それはイタリア人の枢機卿の支持を受けてのことだ——もちろん、ホワイティング枢機卿のおかげでもある。彼は連中に借りができる。私の排除にも力を貸すことになるだろう」

　煙はいまも上がりつづけている。

　私は邸のなかに入り、兄がついてきた。

　ジョニーは私の手を握った。

　タブロイドはジョニーと私のこと、二人の関係などについても書き立てていた。もちろん、パオロのことも。三人のあいだには悪魔の絆とでもいうべき関係があり、守るべき秘密があった。タブロイドに書いてあることには嘘もあったが、パオロの見た目はかつてのスマートさを失っていた。胃の不調に悩まされ、両足が理由もなくむくんだりした。彼は椅子に何時間も坐って一日を過ごし、暗い考えを巡らせていた。

兄が私の顔に触れた。

「いまはダメよ」私は言った。

やがてあたりは暗くなり、パオロが二階に上がってきた。私は服を脱いでベッドの上に裸で横たわり、彼も裸で横に寝たが、互いに触れることはなかった。私たちは眠りについた。頭を枕に沈めて。窓の外の空は暗かった。そして、その日の深夜になって大聖堂から上がる煙が白に変わった。

次の朝、通りは大聖堂まえの広場に向かう人の波で溢れかえっていた。伝統に従い、新しい教皇が誰に決まったのかは本人がバルコニーに現われるまで発表されることはない。ただ実際には、選ばれた人の名前は仄めかしや噂という形で意図的に流され、通りを進む人々のあいだで囁かれ、あっという間に広まっていく。ただ、その囁きはまだオルシーニ邸には届いていなかった。

交通渋滞のせいで使用人たちの出勤は遅れていた。ツァンチェ・アレッサンドラは最近雇い入れたうちのひとりで、褐色の肌をしたムーア人っぽい顔つきの女性だった。政治秘書として雇った彼女だったが、現在のよんどころない事情により——つまり、使用人が急に減ってしまったので——その仕事は、パオロのスケジュール管理や家事スタッフの補助になっている。彼女がそれを不満に思っていたとしても、口に出して言うことはなかった。はっと目を惹くような美人でありながら、取り澄ました様子で差し出がましい口をきくような女性でもあった。彼女が遅刻することなどは普段なかったが、その朝は——大聖堂から白い煙が上がるなか——コルソ・ヴィットリオ大通りの近くを歩いているときにある男に呼び止められたのだという。男は最初のうちは愛想よく振る舞っていて、彼女のことを知っているようだった。少なくとも、それが彼女の受けた印象だったという。男の黒い髪は頭頂のところが薄くなっていて、肌はパテのように白かった。身なりはよく、馴れ馴れしかった。

「オルシーニ議員のところで働いてるんだろ？」彼はそう訊いた。

「そうですけど」

「いいことをしないか？」

男がからだを近づけてきたので、彼女はあとずさった。

「そんなつもりじゃない」

「なら、いったい？」

「いいこと、と言ったのはおれのためにじゃない、あんた自身のためにだ」

「どういうことですか？」

「議員の仕事は辞めたほうがあんたの身のためだ」

「どうしてそんな？」

男は彼女の腕をつかんだ。その身のこなしから、彼が人を制圧する技術に長けていることがわかった。彼は動く素振りも見せずに動くことができ、その気になればつかんだ腕の骨を折ったり、ナイフを突き立てたりすることくらい朝飯まえだということを、腕をつかむ手や、目の表情や、歪んだ口元だけで相手に示すことができた。しかも、まわりの人はそれにまったく気づかず、その場を立ち去る彼に道まで譲る、というくらいにさりげなく実行できるということも。男は彼女の目のまえに顎を突き出した。

「近いうちにオルシーニとあの売女《ばいた》は、自分たちの罪を償うことになる。だから、あんたも命が惜しければ、おれの忠告を聞いたほうがいい——別の職を探せ」

そうして男は彼女を解放した。

そいつはロドヴィーコだ。

私はこのことをパオロに話すため、ツァンチェを連れて二階に上がった。

部屋に飛び込んでいくと、そこにはすでに兄と警備責任者のアントニオ・ガスパロ・デ・ルッカがいた。ガスパロのことをいままで話してこなかったわけは、彼がこれまでは目立たないところで仕事をしていたからだが、その役割は最近になって表に出てくるようになっている。ジョニーは彼を信用していなかったが、二人は今日の午前中、ずっと二人で街を巡り、群衆から情報を聞き出していた。いろいろなことが同時に起こりつつあった。

ガスパロとツァンチェが落ち着かない様子で視線を交わした。

「あのドイツ人です」兄が言った。「ドイツ人が選出されました。ラツィンガーが次の教皇です」

「そうか」パオロが言った。

彼の顔はいつも以上に青ざめていた。朝の光に照らされた肌は病人のようだ。

「だが、私はまだ党のなかでは有力な立場にある……使用人の失踪や……私への非難の嵐……こういうことはやめさせなければならない」

彼はツァンチェに話をするようにと促したが、彼女が口を開くまえにあることを察したようだった。つまり、ロドヴィーコは——イザベラへの忠誠心から復讐心に燃え、敵《かたき》を討つつもりだと言われてはいるものの——たったひとりで私たちに迫るなどというリスクは冒さないだろうということを。

街は信心深い人々で埋め尽くされていた。彼らは旧市街の入口に立つ門に押しかけ、石畳の道からはみ出して進んだ。人々は古い石積みの壁に沿って進みながら、石の隙間に亡くなった教皇へのメッセージを書いた紙を挟んでいった。警察隊《カラビニエリ》が道路を封鎖し、入ってこようとする車を引き返させるため、路地に誘導していた。人々は車を置いて歩き出した。

　ガスパロが車のウィンドウを下ろした。

「公務で来てるんだ」

　警官がなかを覗き込んだ。私は自分の顔が群衆にばれないようにサングラスをかけ、髪の毛をアップにしていた。古い壁のほうから人々が泣き叫ぶ声が聞こえる。伝説によれば、死者の霊は人々の悲しみが収まるまでこの場に留まるのだという。暗くなってから石の隙間を通って鳴る風は、実は風ではなく、死者の声だという話だ。

「身分証明書を見せてください」

　ガスパロが証明書を渡した。パオロはいっしょではなかった。彼はジョニーとともに邸に残り、刻々と変わるローマの状況に対処したかったのだ。自分の立場を守り、ロドヴィーコを遠ざけるために。そこで、パオロはとりあえず甥のダーツィオと私をローマの北、サロに逃がすことにした。運転手としてガスパロをつけて私たちの安全を図り、ツァンチェもその一行に加わらせた。

「バリケードは動かせますが」警官が言った。「これだけの群衆ですから簡単には動かせません。サイレンでも鳴らさないかぎり無理でしょうね。たとえ、鳴らしたとしても」

「迂回したら何時間もかかってしまう」ガスパロが言った。

「ウィンドウを閉めたほうがいいですよ」

　警官はそう言って私にウィンクを寄こした。いやらしいウィンクだった。そして、彼はまるで動物の尻でも叩くように車のボンネットを軽く叩いた。私たちはバリケードの脇を抜け、群衆に近づいていった。先へ行くほど人の密度は濃くなっている。彼らはなかなか道を空けてくれようとはしなかった。敬虔な信者なのだろうが、人々はみな無愛想で真面目くさった目つきをしていて、このひどい暑さと牛の群れのように動かされていることに参っているように見えた。ついに車は一センチもまえに進まなくなってしまった。子どもがひとり鼻先をガラスに押しつけ、両手をウィンドウに置いた。すぐにほかの子どもがその真似をし、さらに興味津々といった様子のロマ風の老人がつづいた。

「何とかしてよ」ツァンチェが言った。

ガスパロはクラクションを鳴らし、エンジン音を響かせた。まわりの群衆は飛び退いたが、すぐにうしろにいた連中が戻ってきた。彼らは拳でトランクを殴りつけ、車の横を蹴りつけた。若い男がボンネットに飛び乗ってきて、ゴロゴロと転がっては笑い声を上げた。ガスパロはもう一度エンジンを吹かした。車が何かを踏みつけた。さらに一回、車が何かに乗り上げるのと同時に叫び声が聞こえ、人々は散っていった。ダーツィオがうしろを振り向こうとしたが、私は彼の手を握って止めた。車はA1道路にたどり着き、北に進路を取った。ローマの周辺部に広がる郊外の住宅地を抜け、国の中部地方、トスカーナやボローニャや山岳地方の方向に走った。アウトストラーデの高速道路はいつもより空いていたが、それはきっとイタリアの国民はみんなテレビのまえに集まって新しい教皇がバルコニーに現われるのを待っているからだろう。

「ムッソリーニも」ツァンチェが口を開いた。「サロに別荘を持っていたんですよ」

ツァンチェの言った話は私も知っていた。イタリア人なら誰でも知っている。ムッソリーニはローマを追われたあと、イタリア北部のガルダ湖に拠点を移した。当時、その一帯は〝サロ共和国〟と呼ばれた。結局、彼は攻めてくるアメリカ軍から逃げる途中でパルチザンに捕らえられ、処刑される。

イタリア人はこの話をするのが好きだ。パルチザンがいかにして彼を捕まえたか、とか、禿げ頭の独裁者とその愛人にどのように銃弾を浴びせかけたか、とかについて。

私はムッソリーニの話も、愛人の死のことも聞きたくなかった。

「脚を伸ばしたいわ」

「私、まえに移りましょうか？」

車が路肩に停車し、ツァンチェは前部座席のガスパロの隣に移り、後部席に二人だけ残った私とダーツィオは対面式シートに向かい合って坐った。互いのプライヴァシーのために、前部席とのあいだのガラス仕切りが上げられた。私はシートベルトを外し、ハイヒールを脱いで脚を伸ばした。

ダーツィオは私の膝に頭を載せた。

彼はまだ少年で、もう少しで十七という歳だった。年齢のわりにはうぶで、私のことを姉のように慕ってくれていた。私は彼の額にかかる髪の毛を指で梳《す》いたりして慰めてあげた。それから、彼を元の座席に返すと、彼はやがて頭をウィンドウにもたせかけ、背中を丸めて居眠りをはじめた。

第四部

23

サロには長く留まらなかった。到着した三日後に、湖畔のレストランにダーツィオと二人でいるところを観光客に写真に撮られてしまったのだ。写真のなかで私はスカーフとサングラスをしていたが、ダーツィオのハンサムな顔ははっきりと写っていた。私は唇にグロスを塗ったばかりのところで、ダーツィオはちょうど私に顔を近づけていた。見ようによっては誤解を呼ぶ姿だといわれれば、それはそうなのだろう――実際は何もないのにもかかわらず、親密な関係に見えなくもない。だが、私は彼の伯母に過ぎず、彼は私が面倒を見ている子どもに過ぎない。

観光客はその写真をメディアに売った。

そのタイミングが悪かった。元老院では、宗教の名を借りた政局の再編成が、突如として起こりつつあったのだ。パオロの敵はこれをチャンスと捉えて勢いづいていた。さらに悪いことに、マスコミがサロに押し寄せることになった。

その結果、ガレージのドアに赤いペンキでイタズラ書きがされる騒ぎになった。巨大なハートに短剣が刺さった絵柄。

〝イザベラの心臓を突き殺した男根《カッツォ・アサシーノ・ディ・イザベラ・ネル・クオーレ》！〟という文字。

私たちはオートバイに乗ったカメラマンに追いかけられながら、サロを離れた。国境近くの山道で、ガスパロがリムジンをうまく操ってパパラッツィのバイクをトンネルの壁に激突させたおかげで、やっと連中から逃れることができた。

24

ツァンチェのことは、いまだによくわからなかった。彼女を信用はできなかったが、それが彼女という人間の宿命なのだろう――少なくとも、このイタリアでは。褐色の肌や、いかにもイスラム教徒らしい容貌がそうさせてしまうのだ。彼女の立ち居振る舞いには気位の高さが感じられた。ツァンチェの家族は、彼女がまだ幼いときにテヘランを逃れてイタリアに移住してきた。元は上流の商人の家柄だったが、故国での政治の風向きが変わった結果その地位を追われ、すべてを失ってしまった。彼女は五、六カ国の言語が使えたが、そのいずれもイギリス風の発音で話した。彼女の打ち解けない態度や、隙のない見た目はそのせいかもしれない。

ツァンチェの夢は外交の場で活躍することだと聞いていたので、なぜ私たちのそばを離れないのかが不思議だった。それにはガスパロが関係しているのではないか、と私は思っていた。二人は互いを見つめる頻度が段々多くなっていて、その視線も熱くなっているようだった。

ツァンチェを雇ったときには、事前にイタリアの保安機関にチェックをしてもらった。そういえば、ガスパロはイタリアの諜報機関の出身で、そこの副司令官とも知り合いだった。国家安全保障局は、表向きはどの党にも偏りを持たず、政府内のすべての部局の要請に応じて被雇用者の身元調査を行っている。とはいえ、私からすると、ツァンチェが本当は誰に対して忠誠を尽くしているのかは疑問だったし、ガスパロにしても最後には私たちではなく、副司令官の指示に従ってしまうのではないか、とも思っていた。

「提案があります――人の目を避けたいのなら――ア

メリカではなくカナダのほうがいいんです」ツァンチェが言った。

「その考えに従えば、フランスではなくフィンランドのほうがいいってことね？」

「そうです」

「気温が低いと、私を殺そうと思う気持ちも萎えるのかしら？」

「少なくとも、追ってくるマスコミの数は少なくなると思います。私たちに関心を持つ人の数も」

彼女の言うことにも一理はあるが、決めるのは彼女ではない。サロを離れたのは突発的なことだったが、パオロはきっともしものときの策を用意していたはずだ。その策には、カナダなんて選択肢は含まれていないだろう。

25

私たちはマリブに逃げた。マリブ・コロニー地区は、世間の評判からするとマスコミの目を逃れるのに最良の場所には思えない――が、この一帯には私設の警備体制が敷かれていてやじうま連中を決して寄せつけないうえ、私たちが借りた家は外の通りから近づくことができなかった。海岸に打ち立てた多数の柱に支えられたその家には、そこかしこに防犯カメラが設置してあった。

「ここなら誰にも邪魔されないわ」

「ですが、もしマスコミに見つかったら――」

「マスコミだってコロニーのなかには入ってこられない」

「海岸は――こちらは公共の場所ですよ」
「そこの下の波打ち際まででしょ」
ツァンチェと私は太平洋を臨むデッキでくつろぎ、夕暮れの景色を眺めていた。空気にはジャスミンと煙の匂いが漂っている。海岸に沿ってかがり火が焚かれているのだ。階下の二つの寝室は彼女とガスパロにあてがわれていて、階段を下りればビーチに出られるようになっていた。彼女は口には出さなかったが、この場所が気に入っているのはわかっていた。ガスパロと二人でいる姿もよく見るし、彼らの仲がどうなっているのかは明らかだった。

当初の計画は、イタリアの状況が落ち着くまでここに滞在するというものだったが、騒ぎは悪化の一途をたどっていた。殺人の噂は相変わらず根強かった――それにこんどは陰謀論が加えられ、こともあろうに政治的な野心がその動機とされていた。さらに、〝新しい教会〟運動はパオロに別の疑いも投げかけていた。パオロが関連したオンライン・カジノ計画に関する不正、麻薬密売への便宜、ウツィオ駅プロジェクトにまつわる建設会社からの賄賂――これには兄の関与も噂されていた。連中の非難の矢はおもにこの後者に向けられていた。というのも、疑惑の対象となっている癒着は、ミラノで計画されている新しいパヴィリオンの建設にも絡んでいたからだ。

マリブでの生活は、人に私たちの正体を悟られないようにすることだけが仕事の、空虚なものになっていた。私は長い時間を甥のダーツィオと過ごした。彼は寂しい思いを抱え、私に対して淡い恋心を感じているようだった。二人で海岸を散歩するときなどに彼が手を握ってくることがあったが、振りほどいたりはしなかった――だが、それ以上の意味はない。一日の日課のようなものができあがり、私たちは朝の決まった時間に日なたぼっこをするようになった。海岸を北に行ったところに住む男が、ほとんど毎日のようにこの家のまえまで泳ぎにやって来た。私は、シャツを脱ぎ捨てて水に入っていく彼に目をやった。

「あの人、どうしてここに来るのかな？」

「泳ぐためでしょ。岬のほうは岩場になってるから」

ダーツィオはからだをまえに倒し、長い腕を膝に重ねた。朝霧は消え去り、海は輝いていた。男は泳ぎがうまく、あっという間に沖のほうに達していて、そのからだが灰色の水に浮き沈みしている。

「喉が渇いたわ」私はダーツィオに言った。

「だったら、なかに戻ろう」彼は答えた。

「ここで飲みたいのよ」

「日焼けしちゃうよ」

「大丈夫」

「ローションを塗ったほうがいい」

「いまはいいわ」

私は両肩にシャツをはおり、目を細めて泳ぐ男を見た。彼の頭は見えたが、なにしろこの距離だ、見えたのはアシカか、あるいは丸太か何か別の漂流物だったかもしれない。その小さな点はさらに小さくなっていて、そのうちにまったく見えなくなるだろう。彼のそんな姿はまえにも見ていて、砂の上に寝そべって考えることなどこれくらいしかなかった。男の姿は消え去り、あまりに長いあいだ見えないので何かあったのではと思うころに、あるいは彼のことなどすっかり忘れ去って別のことを考え始めたころ——遠くに何かが現われる。小さな黒い点や、水平線に浮かぶ何か異質なものが。

「レモネードを作ってきてちょうだい。生のレモンを搾《しぼ》ってね」私は言った。「いい考えでしょ？　ピッチャーに入れて持ってきてね」

ダーツィオはまだグズグズしていた。

「いい子だから」私は言った。

「わかったよ」

また男の姿が見えた。水面に現われたり消えたりしながら波を越えてくる。それがだんだん大きくなり、やがて彼は水から上がった。胸が陽の光を反射して光っている。私は波打ち際に近いところに坐っていて、男が海に入るまえにシャツを脱ぎ捨てた場所からも遠くなかった。

「見ない顔だね」男が声をかけてきた。

私はサングラスをかけ、髪にバンダナを巻いていた。黄色いツーピースの水着を着て、肩に白いシャツを掛けている。シャツをはおっていてよかったと思った。私の長い腕やひょろっとした体型を隠してくれる。この様子をガスパロとツァンチェがデッキからずっと見つめていた。私が他人との接触を避けることを彼らが望んでいるのはわかっていた――つまり、誰にも話しかけたりしないことを――だが、この男は私を見ても何も気づいた様子はない。私は、水着姿で長い脚を不格好に広げて砂に坐る、ただの女だ。

ローマにいるロドヴィーコのことも、あまり差し迫った危険とは思えなかった。

「休暇中なの」私は答えた。

「どのくらい滞在する予定？」

「少しだけよ」

この海岸沿いで、ピーク・シーズンに海外から来る金持ちの観光客に貸し出されている家は、ここだけではなかった。イタリアに住んだのはほんの二、三年だが、それでも私の英語にはいい具合にイタリア訛りが入っていると思っていた。この男にはどんな話をでっち上げてもいい。結婚指輪もしていなかった。マリブに来てからはずっと外していた――砂のなかになくしてしまいたくなかったのだ。この男の指にも指輪はなかった。

「きみが散歩をしているところを見たよ」彼が言った。

「少年といっしょだったね」

「あれは私の甥よ」

「どうりで。よく似ていると思った」

ダーツィオと私には血のつながりはないが、わざわざ説明したりはしなかった。彼は顔を上げてデッキにいるガスパロとツァンチェに目を向け、この人たちと私の関係は何なのだろうと訝しがるような顔をした。

「今週の金曜日、友だちが何人かうちに集まるんだ」

そう言って、彼は自分の家のほうを指した。「岬に建つ、焚き火台のある家だ」

「ほとんど毎晩、焚き火をしているのは見えたわ」

「ほとんどの晩、家にいるのは私だけだけどね」

彼はちょっとでき過ぎなくらいにハンサムな男で、その目には気持ちのいい屈託のなさがあった。彼は私たちの家のほうに目を向けた。その視線を追うと、黒く美しい肌に明るい色の水着を着たツァンチェが砂の上を歩いて近づいていた。彼女の態度はここしばらくのあいだにだいぶ柔らかくなっていて、特にガスパロといっしょのときはそうだったのだが、この見ず知らずの男の微笑みに対しては冷たい表情を向けるだけだった。

「家に戻ってやることがあるのでは？」彼女は私に言った。

「いいえ、ないわ」

「あります」

男は私たちのあいだの雰囲気を察した。

「もう帰らないと」彼はそう言った。

ツァンチェと私は、岬の家に向かって海岸を歩いていく彼のうしろ姿を見送った。彼女は邪魔者を追い払いにきたのだ——私が自分たちの事情をうっかり漏らしたりしないように。ガスパロはデッキで両肘をついた姿勢でこちらを見つめている。水着のトランクスの上にはおったカーキ色のシャツは、その下にホルスターを隠している。

「もう少しさりげない言い方もあったんじゃない？」

私は言った。

「それはあなたも同じです」

「あなたにどうこう言われたくはないわ」

「そんなことは言っていません」

「だって、ガスパロとあなたは――よろしくやっているようじゃない」

「楽しみを許されるのはあなただけということですか？」

私は口を結んだ。霧を貫いて陽が射し込んでくる。

「そういう言い方をされると、私だって傷つくわ」

私の声は少し震えたが、ツァンチェがそのことばを信じてくれたかどうかはわからなかった。彼女の反応が見たかった――その表情が和らぐのかどうか。私は、彼女の冷淡な態度は仮面だと思っていた。そうだとしても、その仮面にはほころびは出なかった。彼女はガスパロのところに戻っていった。

ダーツィオが魔法瓶と氷を持って戻ってきた。

「レモネードだよ」

「もう欲しくないわ」私は言った。

甥の顔に落胆の表情が広がった。悪いことをしたと思った。彼はまだ子どもで、自分は何も悪いことをしていないのにここに囚われの身になっているのだ。私は陽に焼けようと思い、シャツを脱いだ。あの男もいなくなったいま、ダーツィオにはこの痩せて不格好なからだを見られてもかまわなかった。

「ローションを塗ってもらえる？」

彼は背中にローションを塗りながら、最初のうちはくさっていたが、やがてだんだんと楽しそうな表情に変わっていった。彼は私のからだに触れられることがうれしく、その手の感触は、兄がまだもっと若くて優しかったころのことを思い起こさせた。私はそんな考えを頭から追い出し、タオルに顔を埋めた。

何の前触れもなく、パオロとジョニーが現われた。まったく予期していないことだった。マリブに来てだいぶ時が経っていた。ときどき、外の世界など存在していないように感じることもあった。あるのはいまこの瞬間と、その次の瞬間。そして、そうやって期待感によって紡がれていく瞬間の長い連続。朝起きて鏡のまえに立つと、そこに見えるのはヴィッキー・ウィルソンでも、ヴィットリア・パリスでも、ミセス・パオロ・オルシーニでもないことがあった。タブロイド系のサイトに写真が載る女でもなく、テキサス出身の人形のような目をした少女でもなく、いままで私について書かれたどの記事にも登場しない、そんな女。白いショーツだけを身につけ、鏡に映る自分を見るただの女――からだの向きを変えてその美しい曲線を見つめながら、口を固く結び、自分の容姿に百パーセントは満足していないものの多少の虚栄心はあり、また人の知らない愉しみも少々持ちあわせる女。きれいに日焼けをしているのは確かだ。この女はベッドに横たわり、こんどは違う方法で自分のからだを確かめる。人なら誰でもたまにはするやり方で、自分を慰めるのだ。彼女は手で腹を触り、その手を日焼けの線よりも下に滑らせていく。この女はいま、あの泳ぐ男のことを考えているのかもしれない。あるいはそれは別の誰かか、特にこれと決めた男ではないのかもしれない。または、自分のことしか考えていないのかも。ただ、こんなのはただの幕あいにしか過ぎなかった。そのときすでに、パオロとジョニーはロサンゼルス国際空港で受け取った荷物を持ってリムジンを降りていたのだ。

パオロの両目はいつも以上に潤んでいた。彼の目にはいつでも輝きがあった――が、その輝きもいまでは熱病に冒されているように見える。私がイタリアを離れてから彼の病状は悪化していて、いまはローマにいる中国人の漢方医の処方を受けていた。彼は琥珀色の瓶から蜂蜜のような色をした液体を計って取り、茶に注いだ。やがて、熱病のような表情が、恍惚感にも似たものに変わっていった。

「私のことを想ってくれていたかい？」

「これ以上は無理っていうくらいにね」私は答えた。

「捜査のことだが――いまは休止状態に入った」

「そんなもの、もうとっくに終わっているものだと思ってたわ」

「この捜査が終わることはない」彼は言った。「連中はまた別の攻め手を見つけたんだ」

　ローマの状況がそれほど緊迫しているなら、なぜマリブにやって来たのだろうかと思った。何かが彼の顔をよぎった。生々しい感情の片鱗のような何かが。

「きみの兄さんは――」何を言いかけたのかはわからないが、彼はここで考えを変えたようだった。でなければ、あの琥珀色の瓶の中身による恍惚感がそれを呑み込んでしまったのかもしれない。「ここに来たのは、きみといっしょにいたかったからだ。それと、休息のために。薬草を使った治療法があってね……だが、かなりつらい治療なんだ。一度、始めてみたんだが、どうにも……そこで、よくよく考えたんだ……こっちにきてその治療法をやったほうがいいかもしれない、ってね。ローマにいると……まわりは信用できない連中ばかりだし、それよりはこっちのほうが……」

　例の委員会は再編成されていて――新しい宗教界からの圧力がこれをあと押ししていた――水面下でオルシーニがかつて近しかった人々や、彼の部下や同僚だった者たちと接触していて、そのなかには妹の夫でありダーツィオの義理の父、つまりジョニーにウツィオ駅の仕事を奪われたあの男もいた。

「痛むの？」

「そんなにひどくはない」

「疲れているみたいね」

「カーテンを閉めてくれないか」彼は言った。「ローマはもう深夜零時過ぎだ。こんなに明るいと寝られない」

兄は落ち着かない様子だった。私たち二人はデッキに立ち、ヘッドフォンを着けたダーツィオがふてくされた顔で海岸に長い足跡を残すのを見ていた。彼に年齢の近い若者たちは、このくらいの時間になると海岸沿いのあちらこちらに集まっている。彼もその仲間に入りたそうにしていたが、私たちの置かれた状況では他人との接触は極力避けなければならなかった。

「あの薬は本当にパオロに効くの？」

「税関の関係で少ししか持ってこられなかった」

「効くの？」

「効くときもある。あれがないと彼の意志が萎えてしまうんだ。絶望感に襲われることもあるらしい」

「絶望ならもう感じているわ」

「急に怒り出すこともある」

「いまみたいな状況になったことで、彼は私のことを責めてるの？」

「というより、おれのことをだ」兄は肩をすくめた。

「おまえのことは大切に思ってるよ。おまえとダーツィオのことはね」ジョニーはダーツィオの名前を口にするとき、少しバカにしたような調子になった。「ローマを発つ直前に、パオロは不動産の管理をしている弁護士に電話をかけた。自分の遺産分与の内容を変えたいと言ってね」

「どういうこと？」

「詳しいことは知らない。パオロが教えてくれなかったから」

「きっと小さな変更ね」

「そうだな」兄はそう言ったが、その口調は彼がそうは思っていないことを物語っていた。「パオロがおまえにすべてを遺すことにしてるのは知ってるね？　だけど、皮肉なことに、彼が長生きすればするほど、おまえに遺る財産は減ってしまうんだ。委員会はパオロを身ぐるみ剝がすつもりだ——すべてを奪って、自分たちが山分けする魂胆なのさ」

「兄さんのことは？」

「連中は生け贄のヤギを求めてる。角がついた小さな動物をね――その喉を掻き切りたくてしょうがないんだ」

　私は手を伸ばし、ジョニーの額にかかった髪の毛を掻き上げた。海からの風が吹き始めていた。遠くに背中を丸めて海岸をこちらに戻ってくるダーツィオが見えた。足を引きずるようなその歩き方に、彼の退屈と寂しさが滲み出ていた。

「そんな目であいつを見るんだな」

「まだ子どもよ」

「世のなかに子どもはいくらだっている」

「あどけないくらいだわ」

　ジョニーは下品なことばを呟いた。一見そうは見えないが、ジョニーは繊細で傷つきやすい人間で、彼がすることのほとんどは私のためだった。そんな兄の傷つきやすさが、時としてその醜い一面を引き出してしまう。兄には嫉妬深く、常軌を逸したところがあった。

　ダーツィオが重い足どりで階段を上がってきた。

「どこへ行ってた？」ジョニーの口調は厳しかった。

「ただの散歩だよ」ダーツィオが答えた。

「どこに？」

「海岸を歩いただけだ」

「そんなことするな」

「どうして？」

「理由はわかるだろ」ジョニーは言った。「おれたち全員を危険に晒すことになる」

「ただ海岸を散歩してただけさ」

「おれたちの目の届かないところには行くな」

「行ってないよ」彼は言った。「ちゃんと見えただろ」

「ダーツィオは気分転換したかっただけよ」私が割って入った。「この年頃の子どもは……四六時中おんなじところに坐ってるなんてできないのよ」

ジョニーが私をちらりと睨んだ。

ダーツィオのほうがジョニーより少し背が高い。彼がジョニーのことをさも軽蔑したように見下ろしたので、何かバカなことを言い出すのではないか、と私は気が気ではなかった。兄の機嫌もかなり悪く、何が起こるのか心配だった。そのとき、パオロが部屋に入ってきて甥を抱きしめた。これがジョニーをさらに苛つかせた。兄はデッキの手すりから身を乗り出すようにして海を眺めた――だが、その景色も彼の心をなだめることはできなかった。

ガスパロとツァンチェは波打ち際にいた。

「おれはあの二人も信用しない」彼は言った。「あいつらは諜報機関から来てるんだ」

「副司令官は古くからの友だちなんでしょ」

「奴らはみんな友だち同士だ」兄は言った。「知ってるか――あのロドヴィーコもかつては諜報部員だったんだ」


その日の夕方、私はパオロといっしょに海岸を歩いた。カモメが低空を飛び、薄れゆく陽の下で残飯を探していた。人々は海岸沿いに点在する焚き火に集まっている。私たちは内側に湾曲する海岸線に沿って岩場のほうへと歩いた。そう遠くないところにパーティに誘ってくれたあの泳ぐ男の家があった。焚き火を囲んで友人たちと楽しそうにしゃべる彼の姿がちらりと見えた。

「ある取り引きを持ちかけられているんだ」パオロが口を開いた。

あの家にこれ以上は近づきたくないと思い、私は立ち止まった。白い短パンを履いてパオロといっしょに暮色深まる海岸に立つ私の姿を、あの男に見られた、と思った。

「連中は何が望みなの?」

「いろんなものを少しずつだ」

「見返りに、あなたは何が得られるの？」

「奴らの要求に対する私の降伏は、政治改革というお題目の下に発表されることになる。私は単に協力するだけではなく、その活動のリーダーになる」

「まるで脅迫じゃない。無理やりやらされるんでしょ？」

「私の議席は奪われない。逮捕もされない。賄賂の罪でも――契約の不正についても」

「あなたのおカネは？」

「奴らが求めているのは私の資産じゃない――まあ、全部を求めているわけではないという意味だが――それより欲しがっているのは権限なんだよ」

「それで連中は満足するの？」

「正義派の連中の怒りも静める必要がある」

「どうやって？」

「誰かを牢屋に入れなくてはならない」

「誰かって？」


パオロは答えなかった。この手のことに関して私は無知なふりをしていた。が、この意味は私にもわかった。イタリアの元老院はメンバーの半数が法律家で、院内には公共事業の契約に権限を持つ数々の委員会が存在する。契約の受益者や契約者、仲介者、そのルールさえもがその都度変えられる。何が不正で何が合法かという定義すら変えられることがある――特に政府の資産管理や、私企業に国家予算が投入される場合はなおさらだ。議会にしてもオルシーニの仲間たちにしても、声高に正義や正論を言い立てたりはするが、その実、互いを罰することは避けたいのが本音だ。彼らが本当に欲しいのは、自分たち自身がそういった契約の実権を握ることなのだから。それを実現するために、犠牲になる者がどうしても必要になる。

「ジョニーなのね」

「あの事業で動員した労働者は――トレニタリア鉄道会社も住宅会社も――それに資材の一部も……外注企

業が手配したものだった」

「兄はあなたの下で働いていたのよ」

「きみの兄さんは賄賂を受け取っていた——労働者からも、建設会社からもね。私は知らなかったんだ。彼は私の知らないところでいろんなことをしていたらしい」

最後のことばは信じられなかった。兄はむろん聖者ではないが、何をしていたにせよ、パオロがそれを知らなかったとは思えなかった。

「どうしてそんなことを私に言うの？」

「もう彼のことは守り切れない。ジョニーって男は、わかるだろ？　彼が何かを言って、にこりと笑顔を見せる。その意味はちゃんとはわからない——だけど、次に現われるときには——そう、何かが起こってるんだ……」

顔を上げると雲が形を変えながら動いていて、霧のようなものがまっ暗な空を背景に渦巻いていた。海岸ではあちらこちらで焚き火が燃えている。

「私は何をすればいいの？」

「私といっしょにイタリアに戻ってくれ。兄さんも来るようにするんだ」

「私にそんな力はないわ」

「きみなら彼を説得できる」

「もし疑われたら——」

「彼は何も知る必要はない。知られてはいけないんだ。ローマに戻るまではね。彼が罪を認めて嘆願すれば、刑も軽くなるだろう」

「戻っても安全なの？」

「ほかに選択肢はない」

「確かなの？」

「議会に逆らうこともできなくはない。協力を断ることもね。だが、アメリカとイタリアのあいだには犯罪人引き渡し条約が結ばれているから、私たちはどこか別の国に逃げなければならなくなる。そうなると状況はむずかしくなる。私はすでに財産の一部を移転させてはいる。だけど……私はきみのためならどんなことでもするつもりだ」

「私だってそうよ」そう言いながら、私はまた泳ぐ男の家に目を向けた。「連中はジョニーと私の両方を差し出せって言ってるの？」

「いや……ジョニーだけだ」

26

ローマにいる中国人の漢方医は、〝黄皇帝《イエロー・エンペラー》〟という名で通っていた。彼は富裕層や有力者の顧客を抱え、古代から伝わる方法で施術を行っていた――鍼治療や吸着カップ治療、それに複雑な配合で作ったチンキ剤などだ。タンポポやトリカブトも使った。レンゲや朝鮮人参、濃縮したアコニチンも。彼はホメオパシーの理論で治療を行っていて、病気を治すのにその症状を誘発させるような化合物を処方し、それによって病気を体外に放出させるという方法を取る。彼の店は、崩れかけたポルティコ・オクターヴィアの遺跡にほど近い古いユダヤ人の貧民街にあり、様々な漢方薬や風変わりな秘薬を取りそろえていた――象牙、サメのひれ、ベンガル虎の舌——そのどれひとつを取っても不正輸入の疑いをかけられそうな物ばかりだったが、彼の顧客リストにある有力者たちが口を利いてくれるおかげで、彼は安泰なのだった。彼はさらに別の薬物を使ってチンキ剤を作ることもある、というのがもっぱらの噂だった——そのなかにはアフガニスタン産のケシの花や、コカの葉なども含まれているようだった——その結果、彼の顧客のなかでも特に熱心な患者たちの顔は妙に上気したように輝いていて、彼らが頻繁にここを訪れるのには治療以外の別の目的があることをうかがわせた。

　その翌朝、パオロは海岸をひとりで歩いているときに発作を起こした。あとで知ったのだが、私がローマを離れてから彼はこういった発作を何度も起こしていたらしい——激しい痛み、目眩、腹部の痙攣——だが、あの琥珀色の瓶の薬品を呑むとそれが治まるのだという。この日の彼は瓶を持っておらず、白いカモメが彼の頭上を飛び回るなか、必死の思いで砂の上を歩いて戻らなければならなかった。私はビーチタオルの上に寝そべり、目を閉じていた。カモメの鳴く声は聞こえたが、特に何とも思わなかった。カモメというのはいつでもキイキイ鳴くものだ。すると突然、汗まみれのパオロの顔が目のまえに現われた。

「いったいどうしたの？」

「お茶を……」

　私は彼を家に連れ帰った。薬入りの紅茶を飲ませてあげると、彼の様子は落ち着いてきた。琥珀色の瓶はもうあと少しで空になりそうだった。

「補充が必要だわ」私は言った。

　彼は漢方医に教えてもらった治療法を、ここマリブで一から始めてみるか、イタリアに戻ってからにするか決めかねていた。

　その治療法はかなり骨の折れるものだった。

それに加え、兄にどう話を持っていくのかもまだちゃんとは決まっていない。

いずれにしても、パオロには琥珀色の瓶の補充が必要だ。

「これを」彼が言った。

そこにはハリウッドにいる漢方医の名前が書いてあった——イエロー・エンペラーがここならばと紹介してくれたのだ——そこに行けば高品質の補充薬も手に入るし、あの治療法を行うのに欠けている材料も買うことができるという。パオロはエンペラーからもらったという材料を書き付けた青い紙をよこした。

「お願いがある」

「なに？」

「ひとりで行ってくれ」彼は言った。「きみだけで。ジョニーには知られたくない」

バッグを抱えて家を出ようとしたところを兄につかまってしまい、到着したタクシーにも彼はいっしょに乗り込んできた。はっきりノーと言うこともできたし、言い訳を取り繕うこともできた。これからショッピングに出かけ、試着室に何時間もこもるかもしれない、と言うことだってできたはずだ。あるいは、何週間もここに閉じ込められていたのだから、たった二、三時間くらいひとりにさせてくれ、と言うことも。ただ、たとえどう言いつくろったところで、兄がそれを信じてくれるとは思えなかった。私にできることはひとつだけだった。それはいままでもずっとやってきたことだった。

私は運転手に住所を言った。

「漢方薬の店だな？」ジョニーが言った。

「何でもよく知ってるのね」

「パオロの薬品棚の中身なら知ってるさ。ローマでは、そういう買い物もおれがやってたんだ」

「彼は私に行って欲しかったのよ」

「おまえは彼の奥さんだ。信用してるのさ」

タクシーは傾斜した低木地や岩がゴロゴロ転がる丘を抜け、一〇一号線を目指して渓谷を登っていった。私たちは子どものころよくそうしていたように、窓の近くではなく座席のまん中に肩を寄せて坐った。ジョニーはまえの晩の苛ついた態度の埋め合わせとでもいうように、私の手を握った。兄のそばにそうしていることが家族としてごく自然なことで、心地よかった。二人でいるときには、常に流れる空気のようなものが私たちにはあった。タクシーは車体をガタガタ鳴らしながらカラバサスを抜け、それから一〇一号線に入ってハリウッド・ヒルズを突っ切った。漢方医の店はハリウッド大通り沿いのさびれた界隈にあり、その小さな黄色い平屋のまえにはユッカの木があり、窓には鉄格子が嵌まっていた。兄が運転席に身を乗り出した。

「次の角を右に曲がってくれ」彼が言った。

彼は運転手に指示して次の角も曲がらせ、ブロックのまんなかで車を停めさせた。意味がわからなかった。そこは何の変哲もない、大通りのなかでもさびれた場所で、あたりには短パンを穿いた中年の夫婦と、ぼろ切れとワックス剤の空き缶を抱えて両膝をついている老人しかいなかった。

「ウォーク・オブ・フェイムだ」ジョニーが言った。

「スターの星だ。それに手形」

「ここに手形はないよ。星だけだ」運転手が言った。「手形が見たけりゃ、チャイニーズ・シアターに行かなくちゃ」

「いいんだ」ジョニーは言った。「ここに来たかったんだ。メーターを下ろしたままにしておいてくれ。とりあえずこれを」

そう言ってジョニーは運転手にカネをいくらか渡した。

「イザベラがここにいるんだ」彼は言った。

「私はてっきり……」

「もっと華やかなものだと思ってたんだろ？……みんなそう思うんだ……だけど、実際は道端のセメントに過ぎない」

「そういうことでここへ来たんじゃないわ」

「おれが薬屋に行ってるあいだに、見物したらいいと思ってね。おまえは来なくていい。リストを渡してくれ」

「私、パオロに約束したのよ」

「おれなら買う材料をしっかり確かめられるが、おまえには無理だ。おまえにはちゃんと別の役目を用意してある、心配するな」

「役目って？」

ジョニーはことばには出さずに目だけで言いたいことを伝えてきた。パオロも言っていたとおり、ジョニーにはそういうことができる。ジョニーはずっと私の手首をつかんでいた。その握りかたは優しく、口では何も言わなかったが、私は彼のメッセージを受け取った。兄はすべて知っているのだ。彼がいつもそうであるように。ローマの連中が水面下で行っていることだってわかっているのだ。

「いいね？」

薬屋になど行きたくはなかった。ああいうところは私にとって異質な場所だった。異様な臭いに、さまざまな物が入った容器がずらりと並ぶ棚。動物を粉状にすり潰したものや、ガラス瓶の液体に浮かぶ臓器、世界の反対側で作られたようなジェル状のものが入った小さなカプセル、ラベルが変色した小さな瓶。

エンペラーが異邦の筆跡で異邦のことばを書きつけた青い紙。私はそれをジョニーに渡した。

彼は手首をつかんでいた手を離した。

そして、私の唇にキスをした。

私はメーターを下ろしたままのタクシーで待った。車の外に出てタバコを吸った。そのとき、兄を捨ててどこかへ逃げてしまおうか、という誘惑に駆られた。

彼とパオロの両方を捨ててどこかへ。以前にもそんなチャンスはあったが、今後いつまた同じようなチャンスに恵まれるかどうかはわからない。車に戻って運転手に行き先を告げる、それだけのことだ。彼はどこへでも私を連れていってくれるだろう。パーム・スプリングズでも。カネさえ払えばフェニックスにだって行ける。海を渡ればシエラレオネにも。だが、私は結局、通りの反対側に渡り、コンクリートに埋め込まれたイザベラのピンクの星を見るだけだった。

夫が始めた治療法は単純なものではなかった。食事のたびに、彼は薬草や粉末剤を調合した。その配合は同じではなく、毎日、毎回、ローマの漢方医が指示した方法によって変えていく。その材料がいったいどういうものなのか、私にはわからなかった。外箱となかの瓶に書かれた文字の関係すら判然としない。なかには手書きの中国語で書かれたものがあるし、ラベル一枚貼られていないものもあった。様々なチンキ剤や粉末剤があったが、パオロがいちばんありがたがっているのはあの琥珀色の瓶だった。というのも、この薬がもたらしてくれる陶酔感が痛みを和らげてくれるおかげで、なんとかこの治療法をつづけられるからだ。

オルシーニはその瓶を光にかざしてみた。

「この色は」彼が言った。

「何か変なの？」

「いや」彼は答えた。「なんと美しいんだろうと思ってね」

彼はこれをタンポポ茶に混ぜ、ヤグルマギクの抽出液をひと垂らしして飲んだ。この抽出液には微量のアコニチンが含まれている。摂取方法や分量をまちがえると毒になる薬品だ。そのことはオルシーニもわかっていて、几帳面に分量を量って飲んでいた。その効果は期待どおりだったようだ。彼は愉快な気分になり、間もなくして眠りに落ちた。翌朝に目覚めた彼はだるさと耳の詰まった感じを訴えた――そして、その日は一日じゅう寝ていた。

　夕方になると、彼は軽い熱を出して寒けがすると言いだし、吐き気が繰り返し襲ってくるようになった。これは治療薬がもたらしたもので、からだのなかから病原を放出させていく治癒のプロセスだということだった。そのため、このなかば毒のような治療薬の量は、最初の三日間、徐々に増やしていかなくてはならない。三日目になれば体内のバランスが正常になり――理論上は――熱も治まるはずだという。その後は治療法が変わり、強壮効果のある茶から始まる新たな治療を進めることになる。

　家のなかでは鬱屈感が高まっていた。

「こんなところにずっと閉じ込められるのにはもう絶えられない」ダーツィオが言った。

「もう少しの辛抱よ」

「伯父さんが来てくれて、状況はよくなると思ったのに。だけど、ジョニーの奴は……」

「うらやましいのはわかるけど、我慢して」

「きみの兄さんはあとどれくらいここにいるの？」

「わからないわ」

「僕たちはイタリアに帰るの？」

「たぶんね」

「ツァンチェは、きみはきっと僕たちを捨てて逃げるだろう、って言ってたよ」

「ツァンチェがそんなことを？」

「きみは自分に都合のいいことだけをする人で、僕たちがどうなろうとかまわないんだって」

「あなたを見捨てるなんてことするもんですか」

「僕を義理の父さんのところに帰すんだって」

「そんなことないわ」私は言った。「あなたと私は似たもの同士なんだから」

　彼の義理の父はパオロと私の兄を裏切っていた。そうでなくても野蛮な男で、ダーツィオの母は見て見ぬふりをしていた。そういう境遇のことは私も知らないわけではなかったので、ダーツィオが決して家には戻りたくないという気持ちはよくわかった。

「散歩に行こうか」

「わかった」彼は言った。

「セーターを取ってくるわ」

部屋に入ると、パオロがちょうど薬を呑んだところだった。いくつかの漢方薬を混ぜてカレー粉のようにしたものをコメにまぶして食べたのだ。キッチン・カウンターにもたれる彼は、汗をかきながら両手で頭を抱えていた。ひどい汗だった。ときおり、びくっとからだをこわばらせている。私は彼を寝室に連れていき、いつもの茶を淹れてあげた。彼はローマにいる敵のこととか、自分にかけられた疑いがでっち上げだとかいうことをしゃべっていたが、やがて意識が朦朧としてきた。

「今夜が山場になりそうだ」ジョニーが言った。

「そうね」

「おれの部屋に来てくれ」

ダーツィオがデッキからこちらを見ていた。パオロが呻いた。

「彼なら大丈夫だ」兄が言った。

夫の苦しそうな声が壁の向こう側から聞こえてきた。見ると、彼は両膝をついてゴミ箱に吐いていた。熱も高そうで、意味を成さないことを呟いている。ベッドに寝かせようとすると激しく暴れだした。その音に驚いてダーツィオとツァンチェが部屋にやって来た。

「この治療法っていったい……？」彼女が言った。

「病気の根源を体液から直すらしい。この調合薬は——藜蘆《れいろ》カリーというらしいが——胡椒と混ぜて呑むとからだから熱が出るんだそうだ」

「胡椒でこんなことにはならないでしょ」

「この治療は、体内のバランスを崩すことで汗といっしょに毒素を外に出してくれるんだ」

「医者を呼んだほうがいいんじゃない?」

「おれもまえからそう言ってるんだけどな」兄はそう言ったが、そんなことを聞くのは初めてだった。「だけど、パオロは普通の医者はどうしても嫌だっていうんだ」

「だったら、その漢方の医者に来てもらったら」

兄は、他人に聞かれたくない電話でもするかのように、携帯を持ってデッキに出て行った。あるいは電波のいい場所を探しに行っただけかもしれない。

「伯父さんは死んじゃうの?」ダーツィオが言った。

「そんなことないわよ」

デッキから、ジョニーがわざと聞こえるようにして電話をする声が聞こえた。いったい誰としゃべっているのだろう? ローマはいま日曜日だ――エンペラーが店に出ているはずはない――ジョニーのことはよくわかっている、誰とも話していないということも充分あり得る。彼が部屋に戻ってくるころには、パオロの状態は落ち着いていた。

「どうすればいい?」私は訊いた。

「今夜は汗を出せるだけ出させるんだ。発作も起こるだろうが、汗をかくことが大事だ」

「そういう指示なのね?」

「そうして朝になったら、必ず強壮薬を呑ませるんだぞ」

27

パオロの状態がしばらく落ち着いていたので、私も彼といっしょのベッドにもぐり込んだ。やがて、夫はうわごとを言い始めた。その様子を口で説明するのはむずかしい。彼はまるでとてつもない重りでも載せられたみたいに身動きができないようでありながら、同時に抑えがたい力に突き動かされているようにも見えた。彼は湿布剤も床に投げ捨てていた。「クソ！」と叫んで頭をつかみ、頭皮を捻ったり引き剝がしたりしようとする。「ああ、燃えるようだ！　どうしてこんなことに！」血走った目を見開いて暗闇を見つめ、影に向かって笑い声を上げる――まるで狂った王の役を演じる舞台役者のように。「そこにいるのは誰だ？　実にうまく化けたものだな！」そして、私を怪しい者でも見るように覗き込む。彼は私の名前を優しい口調で囁いたかと思うと、次には声を荒らげて言ったりもした。「おまえだな。おまえがこいつらを連れてきたんだな」そう彼はわめき散らした。どういうわけか、彼の敵たちが私を介してこの部屋にやって来ているようだった――どうやら私の鼻から息とともに出てきたものらしい――そして、裏側にたっぷりと毒を塗り込んだ帽子を彼の頭にかぶせたのだった。「これを取ってくれ、お願いだ」彼は泣き叫んだ。見えない者たち相手に命乞いをし、自分の無実を訴えているようだった。だが、相手は聞く耳を持っていないようだった。夫は地獄に落ちかけている。全身に火が回り、その頭も内側から燃えているのだ。すると、彼が私に向かってきた。きっとその目に見えているのは妻ではなく、彼を破滅させようと共謀する悪魔か幽霊のひとりが、ベッドの横に立って彼を嘲笑っている姿ででもあったのだろう。

私は寝室のバルコニーまであとずさった。月の光を受け、黒い波が岩に砕ける音を聞きながら扉口に立った。

パオロは静かになった。

夜が明ける少しまえに熱が下がったが、私はそのときには気づいていなかった。死んでしまったと思ったのだ。夫の様子はそれほどに静かで呼吸も浅かったし、私はすっかり疲れ切り、もうどうでもよくなってしまい、彼の横で眠っていた。

どれくらいそうしていたのかはわからない。

何時間か。

ほんの数分だったのか。

カモメが一羽、バルコニーの手すりをよちよち歩き、部屋には水面を映した光が溢れていた。オルシーニが目を覚ました。彼は熱が出てからのことをほとんど覚えていなかった。夫は私を愛情のこもった眼差しで見つめた。

「ひと晩じゅうついていてくれたんだね」

「だいたいはね」

「ほかの連中は次々に私を裏切っていった。だけど、きみだけは――」

「休んで」私は言った。「何も心配はいらないわ」

「もうだいぶ気分がいいよ」

パオロは私の襟に手を触れた。ローマから持ってきたシルクのネグリジェだ。もとはイザベラの物だった。これを着た私がどう見えるのかはわかっていたが、イザベラの物も私の物も、いまではクローゼットのなかで混じり合っている。そもそも彼女のクローゼットには、埃をかぶるほど使っていない服がたくさんあったのだ。

「明日はショッピングに出かけよう」彼が言った。

「いいわ」

「ビバリーヒルズに行こう。そのあと、ここを発つ」

「どこへ行くの？」

「メキシコ、ブエノス・アイレス――どこだっていいさ、私の美しい人《ミア・ベッラ》」

彼は弱々しい笑みを浮かべた。これが私の呼び名だった。

「二人で住む島を買おう」彼は言った。

夫は善良な男ではなかった――それはわかっている。だが、強い男だとは思っていた。富を持ち、自分が何を求めているかわかっている男。だが、それはまちがいだった。彼が持っているもののうち、本当に彼のものといえるのは何もなかった。すべてはイザベラが持っていたものだ。かつてパオロはこの世のすべてよりイザベラを求めた。だが、彼は本当の意味では彼女を手にすることはできなかった。あるいは、彼の気持ちが変わっただけのことかもしれない。世のなかに変わらないものなど何もないのだから。そのことは誰よりも私が知っている。何かが欲しいと思う時期がある。だが、それが過ぎるとまた別のものが欲しくなるのだ。

パオロが私に飽きる日だっていずれ来る。

「怖がることはない」

「怖がってなんかいないわ」

「車を買おう」彼は言った。「シルヴァーのメルセデスがいい。それに乗ってビーチに行くんだ」

「素敵ね」

「きみに新しいドレスを買ってあげよう」

彼は嬉々としていろいろな計画についてしゃべった。どんなことをやったっていいんだ、そう彼は言った。そんな生き方をしている人間はほかにもたくさんいる。才能のある芸術家や思想家がそうだ。たとえば、ダンテ・アリギエーリ。映画監督のロマン・ポランスキー。ラジオでムッソリーニについて語っていた、何とかいう名前の偉大なアメリカの詩人。才能のある人間は世間のルールに縛られる必要はない。私たちだって彼らと同じだ。イタリアにも帰る必要はない。資産を守る方法などいくらでもあるし、犯罪人引き渡しだって逃げるやりかたはある。自分たちの王国に住めばいいんだ。

「お茶が欲しいな」

「わかってるわ」

私は湯を沸かし、強壮薬を取り出した。ここ何日か、パオロはタンポポ茶にあの琥珀色の瓶の薬を混ぜるとともに、ヤグルマギクの抽出液も加えていた。これからはそれを新しい薬に変えなくてはいけない。これはヤグルマギクとは正反対の効果を持つもので、パオロによれば、最初のうちはごく少量を呑み、段々と量を増やしたのちにまた減らしていくのだという。外箱のデザインもその反対の性質を表わしたものになっていて、色が反転してあるうえ、花自体もまだ咲ききっていない絵柄だった。

このことは、あの日ハリウッドの薬屋から出てきた兄からも少し説明を受けていた。彼は薬の分量については、パオロの言うことを聞かないようにと釘を刺した。

「どれくらい入れればいいの？」

「この薬はおまえが呑ませてあげたほうがいいだろうね」

「どうして？」

「治療のあと、パオロは衰弱してるだろう。新しい材料とか配合とか、頭がこんがらがってしまうよ」

「きっと知りたがるわ」

「この手の薬は売り手によってその分量も配合も違ってくるんだ。彼にはただこう言えばいい。ハリウッドの薬屋がこの指示をくれた、ってね。パオロは嫌がるかもしれない。彼を説得してわからせるか、彼には言わないでお茶に混ぜるかは、おまえ次第だ」

「どれくらい入れろって？」

「ぜんぶだ」

私はバスルームの薬棚の扉を閉めた。鏡は見ずに自分の両手に目を向けた。そのとき気がついた、自分の手はなんて変で不自然な形をしているのだろう――それは兄とそっくりな手だった。逆にいえば、兄の手は細くて整いすぎていて、男としては繊細すぎるということだった。兄は女性がするように手のケアをしていた――ローションやクリームで。私は自分の手を、まるで兄の手を見るような気持ちで見つめた。その手が小さなコルクを抜き、小瓶の中身を空けた。さらに蜂蜜を垂らし、かき混ぜた。

薬の入れ物に目を向けた。明るい色の外箱と瓶。ラベルが合っていなかった。気づかなかったといえば嘘になる。じっくりと眺め回したのちに、これはヤグルマギクの反対の性質の薬ではなく、それをさらに濃縮したものなのではないのだろうか、という疑念を抱かなかったといえばそれも嘘になる。

だが、私はこういうことの専門家でも何でもない。

鏡に映る女をちらりと見た。私たちは二人とも美女と美男だった。兄のように微笑んでみた。あのタクシーのなかで紙袋を膝に載せる私に肩を寄せ、私の耳に囁いたときの兄のように。

〝ぜんぶだ〟

オルシーニは寝室の引き戸のところに立ち、朝の景色を眺めていた。すでに強い陽の光が朝霧を追い立てていて、遠くでアシカが鳴く声が聞こえている。彼は不思議なほど元気を取り戻していた。結局のところ、あの治療法が彼には効果的だったのだろう。夫はたったいま熱病を克服し、回復に向かっているように見えた。鮮やかな色のローブを身にまとった彼を目にし、私は初めて会ったときの空気の熱さと、彼が私を見つめたあの黒い瞳を思い出した。

彼は茶に口をつけた。

「変な気分だ」彼が言った。

彼は自分の胸に手を置いた。

「お腹は空いてない？」

「そうだな、少し空いてるようだ」

そして、夫は微笑んだ。だが、何かが変だ。それは笑顔、というより筋肉の引きつりに近かった。彼の顔全体が硬直した。何かを言おうとするのだが、からだのなかで何かが破裂したようだった。両肩にも緊張が走って前屈みになり、まるでタクシーでも呼ぶかのように片手だけを上げた。そして、膝からくずおれた。

私はツァンチェの名前を叫んだ。

夫は両目を開けたまま倒れていた。まだ死んではいないようだ。意識もまだある――そして、彼の目に映っているのは復讐を果たしにやって来た昨夜の悪魔ではない。この私だ。彼の目は私に向けられ、動かなかった。瞳は曇り、牛乳のような色になっている。

「ツァンチェ！」

家のなかは静かだった。

私は見よう見まねで彼の胸を叩き、彼の口に私の口を重ねて息を吹き込もうとした。が、彼の唇は嫌な味がし、その息にも異様な臭いがあった。私は思わず身を引いた。ツァンチェがようやく部屋に入ってきた。

私は死んだ夫の上にまたがり――夫の残り香を唇から拭き取ろうとでもするように片手を顔に上げていた。

第五部

28

オルシーニの死は、私たちを覆う雲をひとつ取り払ってはくれたが、別の問題をもたらした。このことがニュースになれば、もうカリフォルニアに長く留まることはできなくなる。死後早々に立ち去るとなれば疑惑を呼ぶことにはなるだろうが、パオロの敵たち――それに味方――がやりそうなことはわかっている。きっと、連中はこの機を捉えて私たちを攻撃してくるだろう。

私は９１１に電話をし、救急隊員が到着した。彼らがお決まりの手順に従ってパオロの蘇生を試みるあいだ、私はデッキに立って海岸に押し寄せる波の音を聞きながら、ときおり岬の家に目を向けたりしていた。

彼らはその場でオルシーニの死を宣告した。

死因は心臓発作。

「まだこんなに若いのに」私は言った。

「まえにも似たような病歴が？」

「だいぶ体重も減ってしまっていて、病気だったんです。だけど、ローマの医者にはその原因がわからなくて」

「薬は何か？」

「漢方薬を少し。胃の調子が悪かったので」

その後、警察もやって来て現場の検証を行った。兄が強く言い張ったので、床に転がったティーカップや薬棚の漢方薬と瓶はそのままにしておいた。隠すなど愚の骨頂だ、とジョニーは言った。この家に住む全員が、オルシーニの治療法のことも、彼が並々ならぬ意志でそれを実行していたことも知っているのだ。彼がそのせいでどれだけ苦しんでいたかも。

警官は私の名前を聞いても特に反応はしなかった。マリブの警察はそういうことに無関心を装うよう訓練を受けているからか、あるいは私の名前にピンと来なかっただけなのかはわからなかった。

私は少しプライドを傷つけられた気分だった。だが、大西洋のこちら側のタブロイドは……

きっと私のことなど知らないのだ。

救急隊員はパオロの遺体に覆いをかぶせ、担架に固定した。家のまえに出された遺体は救急車に向けて――駐めてあるのは、パシフィック・コースト・ハイウェイ沿いの海岸にへばりつくようにして並ぶガレージのまえだ――運ばれていった。

当然の手続きとして、病院で検視官による司法解剖が行われ、臓器を調べるために胸郭が開かれた。その結果、心筋に硬直が確認された。つまり、死因は心筋梗塞。検視官は通常の手続きに従い、体液のサンプルを取って病理検査に回した。検査結果はまだ戻ってきてはいなかったが、病院は遺体を解放して〈マリブ葬儀社〉への移送を許可した。

「自分を責めちゃいけない」ジョニーはそう言った。彼は私の肩を抱き、葬儀社の女性係員が配慮したように立ち上がった。「おまえのせいじゃない」彼は囁いた。「そうじゃない、そうじゃないんだ」係員が立ち去ったあとも、彼はその優しく気遣うような声で囁きつづけた。私たちは葬儀の段取りについて相談していたのだが、火葬ということばが出た途端に、私は泣き崩れてしまったのだった。「彼にはあれほど言ったのに」ジョニーが言った。「おれもおまえも。あの中国のへんてこな薬も、その分量も――品質管理なんてされていないんだ。おまえの気持ちはわかるよ。だけど、彼はあの方法に固執していた。人の言うことになんか耳を貸さなかったんだ」

私は目元に手を当てた。

「頑固だったわね」私は言った。

「もしかすると、あの薬には不純物が混じっていたのかもしれない。それとも、中身がまちがっていたのかも。おれだって自分を責めたい気分だよ。だけど、おれたちに漢方薬のことなんてわかるわけなかっただろ？」

兄は警察にも同じ説明をしていた。パオロがどこでこの薬を買ったかなどまったく知らない。彼はある朝ひとりで出かけた。その三日後にこんなことになってしまった。

もちろん、それがすべて真実というわけではない。

「自分を責めたりするな」彼はまた言った。「あんなことになるなんて、おまえにわかるわけなかったんだ」

私は気を取り直した。

「病理検査の結果は？」私は訊いた。

私の口調は変わっていた。

「それがどうした？」

「検視のことよ。検査で何がわかるの？」

仮面が剝がれた。

私たちは互いを見つめ合った。

「そんなことどうでもいい」彼は言った。「彼は自分で毒を呑んだんだ。そのつもりがあったかどうかなんて関係ない。誰にも真相はわからないさ」

「絶対に？」

「ああ」

私は涙を流した。

「かわいそうな妹」兄が言った。「おまえは本当に男運に恵まれていないな」

29

翌日、私は夫の不動産を管理している弁護士、ロメオ・フェラガモと話をした。彼と初めて会ったのは、パオロと結婚して間もないころにイザベラ名義になっていた不動産関係の書類を私の名義に書き換えたときだった。フェラガモは冷たい感じのする小柄な男で、かなり痩せたからだに着る黒いスーツは、袖や裾が極端に短く切り揃えられていた。彼はリペッタ通り沿いにあるオフィスから電話をしていた。英語もイタリア語も堪能だったが、そのどちらで話すときも、妙にふざけたような口調で、そしてまるで分厚い契約書の細かい文字のように回りくどくしゃべる男だった。

いい知らせではなかった。議会の最終方針がいまだ決まっていないため、オルシーニの資産管理は大混乱しているとのことだった。

彼から私への遺産贈与も危ぶまれる状況だという話だった。

それが主な知らせだったが、ほかにも問題はあった。イザベラの家族が申し立てている不動産相続権の訴訟はまだ解決していない——さらに、最近になってダーツィオの義理の父が、不動産のうちの息子の相続分について、自分をその管理人にするよう申し立てをしたのだという。

「とにかくややこしい状況です。議会のほうですが——彼らと争ってもカネがかかるだけです。それに、まちがいなく負けます」

「では、どうすればいいと?」

「ご主人は、委員会メンバーの何人かと交渉を進めていたんです。もちろん非公式の場ですがね。それで、だいたいの合意点が見えていたんです。私はこれから急ぎその合意を取りつけます。潔く、折れるところは折れてね。イザベラの家族の件については……彼らの主張には道徳的な正当性があると思われます」

「道徳的ってどういうことですか？」

「つまり、彼らはイタリア人で、あなたはそうではないということです」

「そんな」

「私が言いたいのは、彼らは大衆を味方につけているってことです。彼らの要望を受け入れてあげなさい。それでも、あなたには相当の資産が遺ります。まえより少し減るってくらいです。だけど、それであなたの敵を減らすことができますよ」

「減るだけ？」

「敵をゼロにすることはできません……それとは別に、ご主人が生前に変更されようとしていた遺言条項がひとつありまして……これにはあなたの承認が必要なんです」

「それはどういう？」

「ダーツィオに関わることです」

「お話しください」

「パオロは、ご自身が死亡した際にはあなたにダーツィオの後見人として信託財産の管理をして欲しいとお考えでした……ですが……万が一、ダーツィオが成人するまえにあなたが死亡した場合は、その役目をこの私に任せたいと望んでおられたんです」

「彼の母親ではなく、ということですね？」

「彼はあの少年の義理の父親を信用していませんでしたから」

「あんな男、信用できるもんですか」私は言った。「ですけど、それはそうとして、この内容で連中は本当に満足するの？　特に議員たちは？」

「私が説得してみます」

「いいわ」

「では、進めてよろしいでしょうか？」

「兄と相談させてください」

沈黙があった。ジョニーの関与は歓迎されていないのだろう。

「調整してみます」フェラガモは言った。

電話を切ったあと、私はひとりで海岸に出た。とてつもなく大きな窓がある家などを横目に砂地を歩いた。ここに来てからだいぶ経っていたので、周辺の住民のことも少しはわかるようになっていた。何年もまえにかなり評判になったテレビドラマで主演を務めた俳優で、妻が海岸で自殺をした男。カンチレバー式の窓がついた青い三角屋根に住む年老いた女優——彼女は、かつて有名な雑誌編集長の役を演じるために唇を大きくする手術を受けたことがある。ステロイドを打たれた子どものような姿をしたエイリアンを作り、大金持ちになった映画監督。私は家々に背を向け、カーボン・ビーチを波打ち際まで歩き、両足を波で濡らした。足の指のあいだに水を含んだ砂を感じた。男女の二人連れが近くに歩いてきた。一目で地元の人間ではないとわかる。外部からこの海岸に入ってくるには海がすぐそこまで迫っている狭い部分を通らなければならない。彼らはその濡れた砂の上に寄せる波をおそるおそるまたぐようにして歩いているが、マリブの住人ならそんなことはしない。二人は恥ずかしそうに私に目を向けた——この女はどこの有名人だろう、とでも考えているのだろう。

私は満潮に向かう海に目をやった。水は砂の上にジグザグの線を描いているが、岬に近い海岸ではすでに外部につながる部分が呑み込まれていて、波が直に岩場を洗い、スターが住む家々の下にもぐり、柱に当たって砕けている。

私は部外者に閉ざされた乾いた砂を蹴り、足早に家に向かった。閉じ込められてしまったカップルは、濡れた靴で岩場をよじ登っていた——その先にあるハイウェイを目指して。

フェラガモは思ったより早くに連絡を返してきて、関係各所にこちらから解決策を提示してみたところ、彼のことばによれば〝好意的な〟反応が返ってきたという。ただし、資産の移管に関する細々とした手続きがあるので、できるならば——というより、どうしても——様々な申告書に署名をするために私にイタリアに戻ってきて欲しいとのことだった。ほかにもやり方はないではないが、どれも複雑なものになり、大幅に時間がかかることになるらしい。

これが弁護士の説明だった。彼はつづけて同じような調子で——そして、同じような七面倒臭い言い回しで——私がローマに戻っても何も心配はいらないと言った。それどころか、状況に変化があり、帰国を躊躇する理由はもう何もなくなった、と。私がイタリアに帰国し、追悼式に出席すれば歓迎されるだろう、とまで言った。どうやらパオロの突然の死によって議会の要人たちの心に冷静さが戻ったらしい——特に彼の仲間だった人々が、自分たちの攻撃的な態度がパオロを苦しめた結果、心臓に負担がかかり、早すぎる死を迎えてしまったのではないかと考え、後悔の念に駆られていたのだ。また反対に、オルシーニ議員と反目していた人々にとっては、未亡人である私を追及したところでたいした利を得ることはできない。なぜなら、私が殺人に関与したという証拠はほとんどないに等しく、さらにあの呪われたウツィオ駅開発の裏にあったという犯罪まがいの行為には、私の関与などまったくなかったことが明らかだったからだ。それに加え、政府内には、名誉あるローマ市民パオロ・オルシーニにふさわしい弔いをしたいと考える人たちがいて、イタリアの首相もそのひとりだった。パオロの祖先をたどると、一方はローマの町の門の下に捨てられていた乳飲み子に、もう一方はローマ人の血脈に活力を与えたと言われるフン族に遡れると信じられていた。オルシーニ家は、ルネッサンスの時代にはコロンナ家とともにヴァティカン守護の役目を負い、ナチス・ドイツに対しては地下墓地を拠点に一歩も引かない戦いを見せたといわれる（それともナチスに味方して、だっただろうか――フェラガモの言い回しがあまりに回りくどくてわからなかった）。いずれにしても、これ以上パオロ・オルシーニの未亡人を非難したり追及したりするのは、いままでどれだけ声高に彼を攻撃してきた者にとっても、賢明ではないばかりか良識に欠ける行いと言わざるを得ない、そう弁護士は言い切った。特に、その彼女がイザベラの相続人との関係修復のために財産の大半を差し出すという寛大この上ない譲歩をするとなれば、なおさらのことだ。彼の話には、オルシーニの不慮の死について私やジョニーの関与が疑われている、というようなニュアンスは少しもなかった。そういう類いの噂があることはまちがいなかった――たとえいまはなくても、タブロイドが書きはじめるのは時間の問題だ――だが、彼はそんなことはひとことも言わなかった。

「私の兄はどうなるんですか？」

「彼も帰国して出頭すれば……寛大な処置が取られるでしょう。契約不正の罪についてはね」

「寛大、とは？」

「確かなことは申し上げられません」

「兄を説得できるかどうか自信はないわ」

「そうなると、犯罪人引き渡しで強制送還されるでしょうね。罪も重くなります。そのことをはっきりと伝えてください。あなた自身の処遇にも関わってきますよ」

「なんだって？」

ジョニーは気に入らないようだった。私は夕方まで待ってから兄と話をした。私たちは海を臨むリヴィング・ルームにいた。空にはまだ少し夕焼けが残っているが、どんどん暗くなっている。太陽はすでに水平線の向こうに沈んでいる。

　ジョニーは気に入らなかった。まったくもって気に入らなかった。

　私は電話でフェラガモから聞いた話を兄に伝え、こうなったら事を丸く収めてまえに進んだほうがいいと説得してみた。不動産を巡る争いで議会相手に勝てるわけはなく、私が譲歩したうえでイタリアに戻れば、彼の罪――国家予算の不正支出――についても寛大な処置が期待できるのだ、と。

「奴らが急に手のひらを返して、おまえの帰国を歓迎してくれるなんて本当に思ってるのか？」

「過大な期待はしてないわ」

「ホワイティング枢機卿のことも忘れるな――彼がおまえのことをどれだけ嫌っているか。それに、彼は教皇の首根っこも押さえてる――首相もだ」

「そうかもしれないけど……」

「連中はおまえを八つ裂きにするつもりだ。何もかも奪われるぞ」

「逃げたって追ってくるわ。そうなれば、結局何も残らない」

「おまえにはいい条件があるようだが、おれには何もない」

「兄さんを見捨てるようなことはしないわ」

「いましてるじゃないか」

「だったら、私にどうして欲しいのよ？」

　兄はその問いに答えられなかった。パオロの不動産にこんな制約が加わっているとは思ってもみなかったのだ。彼の神経は昂ぶっていた。ものごとが自分の思うとおりにならないときに兄がこういう具合になるのは見たことがある。すべては私のためにやってきたのだ、と兄は言う。自分の人生を捧げてきたのだ、と。そのために、自分は高慢ちきなイタリア人にゴマをすり、そのケツを舐めてきた——もちろん、フランク・パリスにも——連中の話に耳を傾け、どんなつまらない仕事でも引き受けて走り回ってきたのだ。その結果がこれか？　妹が休日の主婦のようにいい服を着て、開いた脚のあいだをエジプトの王子が膝をついて覗き込む、そんなことのために自分はがんばってきたのか？

「そんな言い方やめて」

「何だと？」

「みっともないわ」

　これを言ってはいけなかった。彼はテーブルを蹴った。灰皿を床に叩き落とした。ジョニーはこんな振る舞いをする人ではなかった。特に私のまえでは。だが、いまは表面の覆いが払われ、普段は魅力的な顔が怒りに歪んでいた。ダーツィオがデッキから飛び込んできた。

「やめろ！」

　ダーツィオの胸ははだけていて、顔はまっ赤だった。勇気ある行動だが、まだ彼は子どもだった。

「だめよ、ジョニー。彼に手を出しちゃいけないわ」

「ということは、こいつもか。こいつともヤッてるんだな」

「ジョニー」

「おまえはいつだって若い男が好きだったからな」

「彼女にそんな口のききかたをするのはやめろ」ダーツィオが言った。

「ああ、そうかい」

「そうだ。失礼だろ」

　ジョニーは彼の顔を殴った。ダーツィオは身を守ろうと片腕を上げ、壁を向いて屈み込んだ。これがジョニーをさらに怒らせた。彼は少年を蹴りつけた。絨毯の床に倒し、また蹴った。

「ジョニー！」

「だまれ」

ガスパロが一階から上がってきた。兄より大きく、力も強く、シャツの下にはホルスターに収めた銃もある。その銃がなかったなら、ジョニーは彼にもつかみかかっていたに違いない――ガスパロのほうも喜んで受けて立っていただろう。彼にしても鬱憤が溜まっていたのだ。

「これはいったい何の騒ぎだ？」

ダーツィオは床で丸くなって呻いている。

「いっしょに来い」兄が言った。

私は兄に見向きもしなかった。

私はダーツィオを介抱した。いまのジョニーに何を言っても無駄だ。私自身も怒っていたし、少年は怪我をしていた。その日の夜、ツァンチェと私はダーツィオを連れてサンタ・モニカまで行き、街の明かりや海、埠頭に集まる若者を見ながらパリセーズ・パークを歩いた。

家に戻ると、ジョニーの姿はもうなかった。

30

ローマ往きの飛行機には乗らなかった。その理由のひとつは、兄との喧嘩のあと程なくしてロサンジェルス市警の殺人課の刑事が訪ねてきたからだ。アジア系で私服の女性刑事は、検視の結果、パオロの体内からアコニチンと藜蘆《れいろ》という漢方薬が検出されたと報告した。どちらも東洋医学で使われるものだ。ただし問題は、この二つを合わせて摂取すると心臓に壊滅的なダメージを与えてしまうのだという。

私はできるかぎり協力的に振る舞った。

私は、治療の処方箋をローマで入手したこと、それを元にこちらに来てから治療を開始したことを話し、必要な漢方薬を揃えるのにパオロが苦労していたようだとも付け加えた。刑事に入手先はどこかと訊かれたときには、知らないと答えた。パサデナかロング・ビーチあたりだと思うが、確かではない、と。

「夫は代替医療の信奉者でした」私は言った。「兄と私は口を揃えて心配だって言ったんですけど。昨日の朝、パオロは回復しかけていたんです。それが突然……」

彼女がジョニーについて訊くので、二、三日、タホ湖に出かけていると答えた。刑事は何か引っかかるものを感じたようだったが、それがどんな疑念だったとしても掘り下げていくのには時間がかかるだろう。ロサンジェルス近郊にある中国系の薬店をしらみつぶしに調べなくてはならないし、それができたとしても、パオロが自らの判断ミスによって命を落としたのか、あるいはこの手の商売につきもののいんちき療法や情報の不正確さが原因だったのかを断定するのはさらにむずかしいはずだ。

「お兄さんが泊まっているホテルの名前はわかりますか？」

「いいえ」私は答えた。「ですが、彼のほうから連絡を入れるように言っておきます」

「お願いします」

喧嘩のことについては黙っておいた。ジョニーはここを出るまえに私の部屋を引っかき回し、私が緊急用としてローマから持ってきていた、かなりの額の現金を入れた封筒を見つけて持ち出していた。仕方なく、大急ぎでイタリアの銀行に連絡をして電子送金の手続きを取った。夫の口座からの引き出しが止められてしまうかもしれなかったからだ。

ローマに帰ることを諦めたわけではなかったが、刑事の訪問を受けて別の考えが浮かんできた。心配なのは証拠が見つかることではなく、まわりからどう見えるかだ。すぐにここを発ってイタリアに戻れば、怪しいと思われるかもしれない。ただ一方で、私は彼の妻だ。ローマでの葬儀には当然出なくてはならない。行かなければ、それはそれでさらに疑惑を生んでしまう。

これに加えて遺言の問題がある。様々な手続きをしなくてはならないし、先延ばしにすることはいい結果を生まない。

私は迷った。

私がフェラガモのことを完全には信じていなかったこともあったかもしれない。イタリア人のいい加減さはよく知っている。と同時に、ここマリブでのパオロの死にも調査の手が伸び始めていて、長居をすれば危険が増す。

結局、私は何もしなかった。

一日が過ぎ、また一日が過ぎた。飛行機には乗らなかった。フェラガモは手続きを進めるために書類を航空便で送ってきたが、私はそれをほったらかしにした。さらに日々は過ぎていった。靄《もや》のなかにいるような毎日だった。まえに進むことも逃げることもできないどん詰まりの状況に置かれ、私は一種の無気力状態になってしまっていた。あのころの自分――何ひとつ決断を下すことができなかった自分――を振り返ってみると、理由はよくわからないが、惰性というものの虜になっていたのだろうと思う。それは兄のせいだったのかもしれない。つまり、彼がいなくなってしまったから。ただ、その惰性で生きる生活は、家のまえに広がる海のおかげで実に心地のよいものだった。広大な空っぽの海原を見ていると、外の世界など存在していないと思うのはたやすいことだった。あるのはこの小さな海岸と、霧を貫いて差し込んでくる陽の光だけ。

私は砂の上にブランケットを広げ、カラフルなツーピースの水着を着て横たわった。

隣にはダーツィオがいる。

ガスパロとツァンチェはデッキでくつろいでいる。

この二人が私たちのもとを離れないのが忠誠心からな

のか、あるいはほかの理由があるのかは考えないようにした。彼らもまた、私と同じような宙ぶらりんの状況にいるのだろう。

この場所は人の心をなだめてくれる。

外にいる人間たちはこの場所に来ることを夢見るが、結局はできない。

あの別な世界に囚われているからだ。

ここにいれば私たちは安全で、外の世界の騒ぎに惑わされることもなく、この砂の一粒と同じくらいに名もない存在でいることができる。私はため息をついた。そして、目を閉じた。

突然、私の心にいいようもない恐怖が広がった。

31

その日の夜、私は泳ぐ男の家をひとり訪ねていった。突堤のそばに岩場を見下ろすようにして建つ家だ。あの日、海岸でことばを交わして以来、彼と話したことはなかったが、彼が離れたところで海から上がってくる姿を、サングラスを通して見たことがあった。彼は波打ち際でしばし立ち止まってからだを拭いていたが、立ち去る間際に、デッキの上でビーチ・チェアに寝ている私のほうに視線を向けた。

ハンサムな男だった。

その後、彼の名前を知る機会があり、インターネットのゴシップ・サイトで彼の経歴や私生活についても少し調べてみた。特に興味をそそられる話はなかった。

私を惹きつけたのは彼の容姿だけだったのだろう。それとも、その瞳に宿る空虚さだったか。あるいは、彼についてほとんど何も知らないので、自分で好きなように想像ができたからかもしれない。ノックするとすぐにドアが開けられた。少々皺の寄った白いシャツの袖を肘までまくっている。

「お邪魔でないかしら？」

「ちっとも。よく来てくれたね」

「パーティには来られなくてごめんなさい。来たかったんだけど」

「うれしいね」

　私がこの男に何を求めていたのかはわからない。彼がどうにかして私をこの場所から連れ出してくれる、とでも思ったのかもしれない。いや、こういうことについて話すとき、私には本心を隠してしまう傾向があるようだ。私はただ、別の種類の逃避をしたかっただけなのかもしれない。もっと簡単で、手早く済む逃避を。

「旦那さんは？」

　彼には、パオロと二人で海岸を散歩しているところを見られている。死んだ男がパオロだったことを彼は知らないらしい。あるいは、死人が出たことすら知らないのかも。私の家はここからだいぶ離れているから。

「結婚はしてないわ」

「そうなんだ。私はてっきり」

　もっと別の説明をするべきだったかもしれない。たとえば、真実を。二、三日まえに海岸をいっしょに歩いていた男が死をまえにして幻覚を見ている最中に、自分はバルコニーに出てこの家の庭先で小さく燃える焚き火を見つめていたのだ、とか。私たちは椅子に坐り、彼がグラスにワインを注いでくれた。

「離婚したのかな？」

　私は首を振った。

なみなみと注がれたワインのグラスを手に、私たちは沈みゆく太陽を見つめた。赤と金色に染まる空を鳥たちが流れるように飛び去っていて、海は水平線に向かって広がる漆黒の波だった。とてもきれいだ、と思った。しばらくするとすべての色が消えていき、やがて暗闇だけが残った。

「あなたは？」

「離婚を二回。いまの連れは――別居中さ」

彼はその名前を教えてくれた。三人のうち、ひとりの名前は聞き覚えがあったが、他の二人は知らなかった。全員が何らかの形で映画の仕事に関係していて、三番目の女――彼がいま別居状態にある妻――は、テレビのコメディ・ドラマに出演した女優だった。

「みんな女優なの？」

「そうだよ」

「素顔の彼女たちはどんなだった？」

彼は肩をすくめた。

「人の素顔なんて誰にわかる？　自分の素顔だってわからないのに」彼は謎を解こうとするかのようにことばを切った。彼の瞳の青みが増したように思えた。「来週、カリブ海に行くんだ。友だちが自家用ジェット機を持っていてね」

「すごいわね」

彼はその友人の名前を教えてくれた。映画業界では名の知られた男だった。

「きみも俳優なの？」

「少しかじっただけよ」

彼が坐る位置をこちらにずらしてきた。まえにも言ったように、かなりのハンサムだったが、陽に焼けすぎて少々赤ら顔だった。

「私も連れてってくれないかしら？」

「どこに」

「ジェット機に」

彼は笑顔を浮かべた。

「もっとそばに来てくれないか？」

彼は下手な仄めかしなどいっさいしなかった。私にはそれがありがたかった。ときとして、仄めかしなどいらないことがある。

「あなたは逃げ出したいと思うことはない？」私は訊いた。

「もう逃げ出したのさ」

「私は、ときどき別の人間になりたいって思うことがあるわ」

彼は私にキスをした。私はワインに口をつけた。上等のワインだ。空からは黒以外のすべての色が消え、入り江の岩場には騒々しく波が砕けている。

「潮が満ちてきている」

「私、もう帰らないと」

「帰らないで欲しい」

私は考えてみた。ほかのみんなから離れてここにいられたらどんなにいいだろう。そして、ほんのつかの間、それも可能だと想像してみた。もちろんそんなことは無理に決まっているのだが、その想像を止めたりはしなかった。

彼は私のことを知りたいと言った。

私はほぼ本当のことを話した。とても若いころに結婚したこと、イタリアに住んだこと――そして、二人目の夫も死んだことも。そして、いまはこの先の人生をどう歩んでいくか決めかねている、ということも。あまり細かいことまでは話さなかった。そんな必要などなかったから。ただ、事実に反することはひとつも言わなかった。だが、一瞬かいま見えたのは、彼の頭のなかに実際の私とは似ても似つかぬ女の人物像が作られたらしい、ということだった。

そして、私は自分自身を消し去り、別の人生に入っていくことを想像した。

彼に連れられてデッキに出た。暗闇を見つめてたたずんだ。空からはいっさいの光が消え去っている。少し寒さを感じ、手すりから身を乗り出して自分の肩を抱いた。彼は私の横に立っていた。

「私は、自分をいい人間にしてくれる人を求めているんだ」

芝居めいた臭い台詞だったが、気にはならなかった。

「私もよ」私は言った。

彼はまた私にキスをしたが、こんどのキスには何かしらまえより大きく、空虚で、思慮に欠けた味わいがあった。波が打ち寄せ、暗黒に包まれるなか、私はもっとそれを味わいたいと思った。沖に泳いでいった彼の姿が見えなくなる様子が頭に浮かんだ。死にゆくオルシーニの顔が浮かんだ。

「食事はまだ？」

「ええ」

「二人で出かけようか」

「こんな服じゃ」

「まったく問題ないよ」

「寒くなってきたし。せめてセーターでも取ってこないと」

「だったら、いっしょに行こう」

ツァンチェやほかのみんなのことを考えた。彼らには、この男といっしょにいるところを見られたくない。

「急いで取ってくるわ。すぐに戻るから」

「本当だね？」

「ええ」

彼の家を出て砂の上を自宅に戻りながら、私は湧き上がる興奮に酔いしれていた。こんなにふわふわした気持ちになるのは久しぶりだった。彼の家と私の家はそう離れているわけではなかったが、まっ暗闇を砂に足を取られながら進む私には、いつもより遠くに感じられた。あと百ヤード程のところまで来たとき、暗闇から飛びだしてくる者があった。ツァンチェだった。

「すぐに出発します」

「何ですって？」

「奴らが来たんです。ロサンジェルスに」

「奴らって、誰のこと？」

「ロドヴィーコが二人の仲間を連れてローマからやって来たんです。私たちを殺すために」

「いったいどういうこと？」

「あなたを殺しに来たんですよ。それに、ダーツィオも。お二人が生きているかぎり、不動産には……手をつけられないから……」

彼女はかなり興奮していて、その態度は真剣そのもので、だいぶぴりぴりしているようだった。こんな彼女を見るのは初めてだ。満ち潮はさらに勢いを増して押し寄せている。私は男の家を振り返り、その誘惑的な明かりを見つめた――そして悟った、もうあそこに戻ることはない、と。

「連中の要求には何だって応えるわ。書類にもサインする」

「もう遅いんです」

「何でそんなことがわかるの？」

ツァンチェは答えなかった。ジョニーはいったいどこに行ってしまったのだろう、と思った。ツァンチェもガスパロも信じてはいけない、という彼のことばを思い出した。彼らは〝イル・ヴィーチェ・カーポ〟が送り込んだ者だ。副司令官。すべての政党に対して警備を行うが、どの党にも忠誠心を持たない諜報局をおさめる男。

「さあ、急がないと」彼女が言った。

「準備をしないと」

「ダメです。いますぐにここを出ます」

「どうして？」

「奴らはもうロサンジェルスに来てるんです」

「どうしてそれを知ったの？」

「ガスパロです」彼女は答えた。「彼のところに連絡が入ったんです。彼はいま連中に会いに行ってます――囮《おとり》としてね。この隙に逃げるしかないんです」

32

世界のなかでもこの地に来るためのフライトは、どうしても長時間にわたるものになる。いくつかの経由地を挟まなければならず、そのたびに遅延で待たされるからだ。ツァンチェが私とダーツィオと行動を共にしたのは、使命感からというより自分の身を守るためだったようだ。ここに来てからというもの、彼女はずっとふさぎ込んでいる。その理由のひとつはガスパロで、いまだに彼からは何の連絡もない。こうなってみると二人の仲はかなり真剣だったらしく、私の見立てでは彼女のほうがガスパロにぞっこんだったようだ。

「私たちは無防備ね」

「それはガスパロのせいではありません」

「そうね」私は言った。「彼には感謝してるわ」

「彼が手筈を整えてくれなかったら……」

「わかってる——彼は私たちの命の恩人ね」

身の安全について完全に確信できているわけではない。このアパートメントは、ガスパロがツァンチェに託したある名前を通じて見つけたものだった——だが、都市というところは、それがどんな界隈であろうと、いつでも危険性を孕んでいる。家主は小柄なドイツ系の男で、私たちのような階級の女がバッグに小さなリヴォルヴァを忍ばせるのは、この街では別に珍しいことではないと教えてくれた。彼の忠告に従い、私たちはすでに大通り《アヴェニーダ》沿いのある店で買い物を済ませていた。

「ガスパロからはまだ何の連絡もないの？」

「何が言いたいんですか？」

「私はただ、警戒を怠ってはいけないと思ってるだけよ。接触をする相手は慎重に選ばないとね」

「あなたはどんなにバカなことをしてもいい——ただ

し、私は慎重に振る舞わなければならない、というわけですね」

「私が言いたいのは、無理な期待はしないほうがいいってことよ」

　ツァンチェはすすり泣きを始めた。やはり彼女にも、何が起こったのかについての常識的な判断はついていたのだ。ガスパロはロサンジェルスで悲しい最期を遂げたか、または私たちに巻き込まれて自分を危険に晒すよりは逃げたほうがいいと思ったのだろう。あるいは、もっと疑ってみれば、彼は最初から私たちを裏切るつもりだったと考えることもできる。いずれにしても、私は何も言わなかった。

「どうして私があなたなんかのせいで殺されなければならないのか、わからない」彼女は言った。

「誰も殺されたりしないわ。あなたも私もね」

「あなたにはダーツィオがいる」

「どういう意味？」

「わかってるくせに」

「ダーツィオは私の甥よ」

「血はつながっていないわ。それに、甥だろうが何だろうが――そんなことであなたが躊躇することなんてないでしょ……だって、あなたは自分の兄弟とも……」

「言いがかりはよしてちょうだい」

「彼の髪の毛に指を入れるあの仕草」

「ダーツィオはまだ子どもよ」私は言った。

「そうよ。その子どもに対して、あなたは」

　ツァンチェは、大通り《アヴェニーダ》を見下ろすバルコニーに私をひとり残して去っていった。黒い瞳の彼女は恋人を失った悲しみにもかかわらず、その取り澄ました様子はいつもと変わらなかった。彼女に言われたことは気に食わなかったが、いまのツァンチェは独りぼっちだ。彼女が私に対して抱いた疑いにも腹が立ったが、そう思った理由もわかる。ダーツィオはハンサムな少年で、ときどきバカなこともするが、彼といっしょにいるのは楽しかった。理由のひとつは彼の容姿だ。漆黒の髪に黒い瞳、ひょろっとした若々しいそのからだ――スラックスに、少々オーバーサイズの白いシャツを身につけ――は、街を歩くたびにあらゆる年代の女たちが、そして男たちも、振り返らずにはいられないほどだった。ダーツィオは兄と同じように、女性的な大きな唇をしている。だが、兄とは違い、彼には狡猾さのようなものがいっさいなかった。彼はまるで子犬のように私のあとをついてきた。いつもというわけではないが、それがしょっちゅうだった――が、近ごろでは彼の態度はよそよそしくなってきていた。このことは、翌日の午前中に彼と二人で市場に出かけたときにも感じられた。

「これからどうするの？」

「ランチを食べましょう」

「そういうことじゃなくて。これからどうやって生きていくつもりなの？」

「南のほうにビーチがあるそうよ」

「マリブみたいに？」

「マリブよりずっといいわ」

本当にあるかどうかは知らなかったが、ことばが口をついて出ていた。彼のためにコーヒーとペイストリーを注文しておいてから、私は角を曲がったところにある銀行に向かった。口座からの引き出しが制限されるまえに、私は偽名で開いた別の口座にカネを移し替えていて、引き出した現金をまた別の名前で借りた銀行の貸金庫に隠していた。こうしておけば急に必要になっても、電子的な監視の目に察知されることなく現金を手にすることができる。係員が壁からボックスを抜き取り、私だけを残して部屋を出ていった。かなりの金額があったが、それにも限度はある。いずれなくなるときが来るだろう。札束を見下ろす私に、急に恐怖感が襲ってきた。ツァンチェのことは信用できない、私だけひとり逃げたほうがいい——目のまえの札束をすべて持ち出す誘惑に駆られた。結局はそうせず、このあと何週間かを過ごすのに必要なだけの額を持って出た。小さな広場に戻った。ダーツィオはさっきと同じ場所に坐ってタバコを吸っていた。

その外面上からは、この少年が内心では絶望感に苛まれていることなどうかがい知ることはできなかった。彼は少し大人になったように見え、タバコを口に咥えるその姿はまるで映画俳優のようにも見えた。

「すっかり待たせちゃって、悪かったわね」

「別にいいさ」

「退屈してたんじゃない？」

「いいや」

「新聞を読んだの？」

「いや。ただ坐ってただけだ」

「それはよかったわ」

「男に話しかけられたよ」

彼に言い寄ってくる男は多かった。さっきも言ったとおり、彼は男からも女からも賞賛の眼差しを浴びていたのだ。ただし、状況が状況だけに、私はその男が誰だったのかが気になった——言い寄る以外のもっと悪意に満ちた目的がなかったのかどうか、が。

「男？」

「ああ」

「何語をしゃべってた？」

「イタリア語」

そのことに不審な点はない。この街は長いあいだイタリア人の避難所となってきたところで、そのせいで土地の者の話すスペイン語も——特に港近くに行くと——スペインのカスティーリャというよりイタリアのカラブリア地方のことばに似ているくらいだ。

「何を話したの？」

「このへんにいいホテルはないかって訊かれたよ」

「私たちがどこに住んでるかなんて言ったりしてない

わよね？」

「それほどバカじゃないさ」

「バカだなんて言ってないわ」

「またアメリカに戻りたいな」

「ロサンジェルスは嫌いなのかと思ったわ」

「少なくとも、あそこなら夜のあいだも外に出かけられる」

「この界隈は安全じゃないからよ」私は渋々言った。

「この先ずっと家に閉じこもってるわけにはいかないからね」

　この街では、富裕層の住む界隈でも窓には鉄格子が嵌められ、通りにはカビの臭いが漂っている。ビジネス街は私設のパトロールが見回りをしている。建ち並ぶ高層ビルの陰にはトタン屋根の小屋があり、掘っ立て小屋はありとあらゆるところに広がっている。大《アヴェ》通り《ニーダ》より土地の低い地区には警察も足を踏み入れることはなく、大通り《アヴェニーダ》自体にも物乞いやストリート・アーティストやロマの子どもたちが正式な許可を受けることなく物を売ったりしている。私たちの住むエリアはうらぶれた通りからは少しだけ離れた高台にある。二十世紀の初頭に建てられた百年近い歴史のある古い街並みだが、いまでは全盛期をとうに過ぎ、小便と湿った漆喰の臭いが漂っている。ただ、ここには周辺住民が集える小さな広場があり、丘をさらに上がれば失敗した新興住宅街もあった。夜、銃声が響くことがある。日中に刺殺や強盗事件が起きることもある――ただし、その数は丘の麓の界隈やクラブ地区よりはるかに少ない。クラブ地区では、盛りのついた男たちがナイフと性器をぶら下げて娼婦の立つ通りを徘徊している。それに混じり、めかし込んだ金持ち連中《リコス》がスラム巡りと決め込んで運転手付きのリムジンに乗り込み、丘の上に住む女の子たち《ニーニャス》を引き連れてなだれ込んでいくのだ。ダーツィオの興味を惹いたのはそのクラブだった。通りの角々《かどかど》に貼ってある剝げかかったポスターを、彼がじっと見つめるのを見たことがある。ただ、そういった場所の危険性は、とりあえずいまはどうでもよかった。気になるのは広場で彼に声をかけてきたという男のことだ。

「別に何でもないよ」彼は言った。「心配いらないさ」

「その男はひとりだった？」

「いや」

「ほかに何人いたの？」

「もうひとりいた」

「二人で近づいてきたのね？」

「違うよ。ひとりはあっちに立ってた。噴水のそばに」

「どんな顔だった？」

「僕がタバコを吸ってるのを見て、火が欲しいって言ってきたんだ」

「それから話しはじめたのね？」

「少しだけだよ。もういいだろ」

「なによ」

「そんなふうに言われると心配になってくるじゃないか」

カウンターに行き、支払いをした。ウェイトレスはダーツィオを上から下へと眺め回し、それから私のことも品定めした――そして、感心したように私にウィンクをよこした。

「彼は私の甥よ」

「そうなんでしょうね」

彼女はまたウィンクをした。こんどはダーツィオに向かって。その態度が私を不安にさせた。この女にどう思われようと知ったことではないが、注目を浴びるのは避けたかった。

「その男たちのことだけど……」

「心配ないよ」彼は言った。「あいつらは――きっとただのゲイだよ」

「どうしてわかるの?」

「ああいう連中は見ればわかるのさ。それにね、世界は自分を中心に回ってるんじゃないってことだよ」

　私たちはタクシーを拾い、エル・ヴィエホ・セントロ——さびれつつあるこの街のダウンタウンで、もう少し何とかなればファッショナブルともいえそうな場所だ——に行って買い物をした。ダーツィオは革のジャケットを買い——リコスが好むようなからだにぴったりとしたスタイルだった——私は靴を買った。ダーツィオの勧めに従い、ツァンチェを元気づけてあげようと色鮮やかなブラウスも買った。なるべく無駄遣いをしてはいけないはずだったが、私の警戒心にも限界はある。私たちはまた店に入り、コーヒーとラムをそれぞれ飲んだ。ダーツィオは地元の女の子たちに流し目を送り、彼女たちも流し目を返してきた。私の携帯が鳴った。私はそれをバッグの奥に押し込んだ。

「誰から?」

「誰でもないわ」

「だったら、どうして鳴ったの?」

「ただのタイマーよ。消すのを忘れていただけ」

　ダーツィオは私に疑い深げな目を向けた——それを見て、彼が実は、私がときにそう思っているほどにはうぶではないことがわかった。ただ、彼の関心はすぐにそばを通り過ぎていく女の子に移っていった。何の屈託もなく高らかに笑う地元の女の子《チカス》たちだった。

　マリブを離れたあと、兄はヴェガスに飛んでいた。そこは、彼にとって馴染みのない世界ではなかった。フランクと同様に、兄もまたギャンブル好きだったから。カードのゲームも、フェルト地の上を転がるダイスも、テーブルで飲む酒も、彼は好きだった——だが、何より好んだのはプライヴェートな場でのゲームだ。それはバーで始まり、にこやかなおしゃべりからホテルの部屋に場を移し、深夜遅くまでつづいたのちにカネを持ち帰るというものだった。彼はその世界でうまくやっていた。が、それも最初のうちだけで、何かの出来事をきっかけに彼はニュー・オーリンズに引っ込んでしまった。そして、つい最近になってアメリカ国外に出てきていた。文無しになって。この最後の点は、彼からのメールに具体的に書かれていたわけではないが、兄をよく知る私にはことばの端々から伝わってきたのだ。

兄も私も、いまや国外犯罪人引き渡しの対象となっていた。ロサンジェルス市警の女刑事は私たちの過去にまで遡って捜査を進め——ローマでの生活から、ダラスのあの若者の一件や、井戸の底で見つかった少年のことまで——やがて、ハリウッドの漢方薬局にも行き着いた。漢方医は店に来た客が兄だったことを確認した。すべては状況証拠だったが、そんなことはおかまいなしだった。私たちは殺人の容疑で指名手配された。そのころイタリアでは、不動産の登記書き換えの猶予期間が過ぎようとしていた。殺人容疑で逮捕されることがわかっているのにイタリアに戻るわけにはいかない——だが、帰国して相続の手続きをしなければ、財産の分配は裁判所の手に委ねられてしまう。オルシーニが委員会の議員と裏で取り決めた合意事項も、執行が猶予されている政府による取り押さえが実施されれば反故《ほご》にされる危険性が高い。ダーツィオの信託財産に関しても、私がフェラガモの助言どおりに手続きをしなかったせいで、私が死ねばオルシーニの妹にその管理の権限が移ることになる。政府による実行行為の猶予がつづくにつれ、弁護士費用や税金、罰金の額がかさんでいった。これに我慢ならなかったのが、一方ではイザベラの家族であり、また一方ではダーツィオの義理の父だった。元老院議員のなかにもこれをおもしろくないと考える者がいた。状況を打破する方法は二つしかなかった。ひとつは、猶予期間が過ぎるまえに私がイタリアに戻り、不動産に関して必要な手続きを取ること。もうひとつの解決法は、私の死亡証明書を手にすることだった。

33

私は毎夜、バルコニーで時を過ごす。大通り《アヴェニーダ》は明るく灯り、街には喧騒が溢れる。部屋に視線を移すと、ダーツィオが暇をもてあましている。カウチに身を投げ出してテレビを見る彼は、もう以前のようにその視線で私を追うこともなくなっている。彼は夜になるとこっそりと家を抜け出してクラブに行き、くたくたになり、ウイスキーの臭いをぷんぷんさせて朝を迎える。今朝などは、彼といっしょに裏口から上がってくるどこかのあばずれ女の笑い声が聞こえた。彼自身のためにも、また私たちの安全のためにも、こんなことはやめさせないといけない——だが、私にも優しい心はある。ツァンチェは暇つぶしに——ほとんど何もすることはないし、彼女の役目だってない——地球儀を眺めては次に逃げる場所を探しているようだ。

バンコクか、それとも香港か。あるいはどこかの首長国がいいか。

ただ、どこに行こうが安全ではないことは、彼女にも私にもわかっている。ツァンチェはいまもガスパロのことが諦めきれず、消息を求めて始終コンピューターにかじりついて五、六種類の言語で検索をしては、ゴシップ記事や投稿記事、ツイートなどを読みあさっている。わかりきった現実を認めたくないのだ。

つい先日、私はロサンジェルスの検視官事務所が書いたある報告書を見つけた。

〝男性、三十代後半、身元不明。顔面損壊、両手切断。パシフィック・パリセーズの崖の下の砂地に漂着していたところを発見される〟

コンピューターの画面に見入っている彼女に、これを見たかどうか訊いてみるようなことはしない。

結局、私はバルコニーでひとり酒を飲むほかない。

夕方の街には陰鬱な美しさがある。スモッグ。けたたましいテレビの音。錆びたワイアーからぶら下がるぼろぼろの洗濯物。夜の散歩をする夫婦が石のベンチに向かって石畳の坂道を上がりながら、いつものように口喧嘩をする声が聞こえてくる。

彼らからは私は見えない。私のことなど気にもしない。

すべては夜の一部に過ぎない。

私は夜を呑み込む。あるいは、夜が私を呑み込んでいるのか。

ネット上に流れる私の噂話などに惑わされたくはなかったので、携帯の電源は切っている。夫の死後、そして検視報告書が発表されてからは、また無数の噂が流されている。まったく知りたくない、というわけでもない。いずれ我慢できなくなって見てしまうだろう。人の目を避けたいと思う反面、無名であることへの恐怖感もある。

黒い水平線の上で、星たちはただの白いシミにしか見えない。

34

朝になると太陽の光が靄を白く光らせていて、まえの晩に感じた心配事など何の根拠もないもののように感じられる。あの曖昧模糊とした暗闇のさえずりが何であったにせよ、もう気にする必要はない。私は知った顔がいない、とあるカフェに足繁く通っている。私はそのひとときを楽しんでいる。ペイストリーを食べてコーヒーをブラックで飲み、地元の新聞を読む。まだこの土地のことばを流暢にはしゃべれないが、いずれはそうなるだろうと想像する。私は新聞記事を心配にも似た心持ちで読む。まるで自分はただの観光客ではなく、本当にその内容に関心があるとでもいうように。港の拡張計画とその影響の記事では、地元の交通はどういう影響を受けるかということや、旧市街が近代化の波に呑まれることを多くの人が嘆いていること、さらに進出してくる通信会社のせいで地元の工場から失業者が出るのではないかという懸念が挙げられていた。コーヒーを飲みながらこういった記事を読み、家に帰る道すがらも、今まで考えたこともないこうした問題について考えてみる。私のことをつけ狙う者たちのことなどしばし忘れて。

だから私は最初、その男に気がつかなかった。男は私のアパートメントの向かいにある大通り《アヴェニーダ》を見下ろすテラスに陣取っていた。白いレンガ壁にもたれてタバコを吸っている。彼はラテン系の男がよくそうするように、外のゲートを開けてなかに入っていく私にあからさまな視線を送っていた。ただ、私を不安にさせたのはそのことではない。ラテンの男たちの好色そうな視線なら慣れている。それは彼の外見だった――ワシ鼻に人形《マリオネット》のように痩せて、着ているものをぶかぶかに見せるなで肩でひょろっとした体軀。あのローマの夜に会ったロドヴィーコの仲間と同じように、シャツのボタンを上まで留めている。世のなかには似た男などごまんといるだろうが、私には彼が誰かがはっきりとわかり、その瞬間、からだに悪寒が走った。

私はダーツィオの部屋を覗き、彼が若い女と抱き合って寝ているのを見つけた。

胸に痛みを覚えた。いますぐに彼の腕をほどいて女を引き剝がしたいという衝動と、彼女のそばに行って床に落ちた白いシーツを二人にかけてあげたいという気持ちが、同時に襲ってきた。戸口にたたずんだまま、二人を見つめた。廊下のうしろで足音がしなかったら、なおもその場に立っていたかもしれない。

まず考えたのは、ゲートを閉め忘れたために外にいた男が入ってきてしまったのではないか、ということだった。この街で暮らす女がちょっとでも気を抜いたらどんな危険が待ち構えているかは、ドイツ人の大家から聞かされていた。

侵入者はジョニーだった。

ジョニーに対しては複雑な感情を抱いていた私だったが、こうやって本人を目のまえにしてみると、その感情はさらにしっちゃかめっちゃかになった。ただ、こうなったのは私自身のせいであり、私自身の過ちだった。二、三日まえの夜、私はワインを片手にバルコニーに坐り、急に襲ってきた寂しさに心が折れ、ジョニーにこの家の住所を携帯メールで送ってしまったのだ。そのあと、兄はどうせ来やしない、と自分で自分に言い訳をした。それどころか、まるで記憶を暗闇に押し込んで忘れ去るかのように、メールなど送りはしなかったのだと思い込もうとした。酒の勢いでの行動を知らないふりをする酔っ払いのように。だが、私の兄ジョニーは来て、いまこうして廊下に立っている。外の男も同時に現われたことは、単なる偶然なのだろうか？

「坊やはよく寝ているようだ」

「いまはまだダメだ、って言ったのに」

「ホテルを探すこともないと思ってね」

「来るならそう言ってくれたらよかったのよ。そうすれば、みんなにもあらかじめ話しておけたのに」

「確かにツァンチェはおれを見て大歓迎ってわけではなかったな」

「彼女がドアを開けたの？」

「渋々ね」

「彼女、いまどこ？」

「市場《いちば》に出かけたよ。彼女はこの街によく溶け込んでるね。そのうちに頭の上に籠を載せて運ぶようになりそうだ」

私はバルコニーの扉のところに行き、羽根板の隙間から外を覗いた。さっきの男は通りをさらに上がったところに移動していた。遠くにはなったが、その姿はますます不気味だった。服のなかでからだが遊んでいるような、細くて長い、まるで骸骨のようなからだ。

「こっちに来て、ジョニー。あの男は――」

「おれに会えてうれしくないのか？」

「いいから来てよ」

「まずやるべきことをやらせてくれよ」

彼はバスルームにいて、大便をしているようだった。

外に目を戻すと、男はテラスの上の階段に壁を背にして坐り、小さな公園や家々の屋根、坂の下の峡谷を眺めている。大通り《アヴェニーダ》はその峡谷に沿って通っている。通りはクラクションの音などでやかましく、のろのろ運転の車列はパンパに向かって延々とつながっていた。銀行から残りのカネをぜんぶ持ってこなかったことをいまになって悔やんだ。

ジョニーがバスルームから出てきた。

私はバルコニーのほうへ頷いてみせた。

「あの男が誰か知ってる？」

「どの男？」

「外を見て。階段に坐ってる男よ」

兄がブラインドのところへ行った。羽根板のあいだから覗いてから扉を開き、大胆にもそのまま外に出て行く。まるでこのバルコニーもここから見下ろす世界も、すべて自分のものだとでもいうように。

「いい景色だ」彼は言った。

私は坐ったベッドから動かなかった。

「あの男が誰かわかる？」

「どの男？」

私はバルコニーに出た。男はいなくなっていた。と思ったら、テラスの下の芝生にそのひょろ長いからだが見えた。細長い手脚が動く様は、まるで紐で操られているかのようだった。彼は建物の角を曲がり、姿を消した。私の勘違いだったのかもしれない。壁にもたれてタバコを吸いながら景色を眺める男など、珍しくもない。だが、兄に目を向けると、オルシーニ邸の夜のことを思い出さずにはいられなかった。モンテ・ジヨルダーノの通りを小さなイヌに追いかけられ、ロドヴィーコと彼の仲間の痩せ男に出くわした夜のことを。

35

アパートメントには拳銃を二挺用意してある。ここに来てすぐのころにツァンチェといっしょに大通り《アヴェニーダ》沿いの銃器店で買ってきた小型のリヴォルヴァで、店員が〝女性用ピストル《ピストラス・パラ・ムヘレス》〟と勧めてくれたものだ。そのうちの一挺はツァンチェがバッグに入れて携帯している。もう一挺は階段を上がったところに置いたプランターのうしろに隠してある。

次の日の昼まえ、私が廊下の書き物机に向かっているときにドアベルが鳴った。階下から、鍵のかかったゲートを挟んでツァンチェと話す男の声が聞こえてきた。

「こちらの家には何人住んでいるんですか《クアンタス・ペルソナス・エスタン・アキ》？」

「なぜそんなことを《ポル・ケ》？」

「この近所の電気に問題が生じました《アイ・ウン・プロブレマ・コン・ラ・エレクトリシダド・エン・エステ・バリオ》。なかに《プエド・》入らせてもらえないでしょうか《エントラル・ポル・ファヴォール》？」

「ここは個人の家です《エスト・エス・ウナ・レジデンシア・プリヴァダ》」

「それはわかっています《ロ・エンティエンド》。ですが《ペロ》、電線網の関係で《ロス・シルクイトス・エレクトリコス》……」

どうやら男は敷地のなかに入らせて欲しいと頼んでいるようだ――それくらいはわかった。男の口調は快活で、あくまで低姿勢だった。そんな態度にツァンチェが押し切られることはないはずだが、私はこの状況と男の口調にも何か不審なものを感じ、立ち上がった。

プランターのうしろの隠し場所から拳銃を持ち出した。プランターには赤い花びらの造花が植わっている。

階段を下り、拳銃をスカートにぴったりとつけて薄汚れた壁に身を寄せた。拳銃は手のなかで温かく、そして小さく感じられた。外の声は階上にいたときより聞こえにくくなったが、男は作業員のようだった。あるいは、そのふりをしている男。二人の会話は途切れ、その状態がしばらくつづいた。私は角を曲がって玄関ホールに出た。物陰に身を隠し、拳銃を見えないところで構えた。

「何か問題でも？」

「近所で停電が起きているらしいんです」ツァンチェが答えた。「この家の横にある路地に問題があると――路地に立ってる電柱に」

「この家の電気は問題ないわ」

「ゲートを開けてくれたらなかの路地に入って機器の点検をしたい、と言ってます」

この建物のまわりには金網のフェンスが張り巡らされ、フェンスの上にはぐるぐる巻きにした有刺鉄線までついている。家主は常にゲートに鍵をかけ、チンピラたちが路地を逃げ道に使うのを防いでいる。

「断わりなさい」

「もう断わりました」

ツァンチェと向かい合っている男は金網の向こうからこちらを覗き込んでいる。グレイの作業服に身を包んだ体格のいい男で、見たところは怪しいところもなく、手にはクリップボードを持っている。その服装だけでは、私には何の判断もできなかった。彼は事実、市の委託で来ているのかもしれない。だが、市の役人にも腐敗がはびこり、ちょっと何かを頼むのにも賄賂が必要なことは誰でも知っている。ツァンチェは私の言ったとおりのことを男に伝えた。彼は相変わらず顔を金網に押しつけている。

「帰ってもらってちょうだい」私は言った。

私は奥に引っ込んだ。外の会話はまだつづいていて、さっきよりも口調が激しくなっていたが、そのことばは速すぎて私には聞き取れなかった。ツァンチェがゲートを開けるとは思わなかったが、最近の彼女は平常心を失っているのは確かだ。会話の調子が落ち着いてきて、男の声も下手に出るような親しげな口調になった。どんな手を使ってでも要求を通そうとしているようだった。会話がまた途切れた――銃を握る手に汗が滲んできた。そろそろ我慢の限界というときに、ツァンチェが階段の下に戻ってきた。

「帰りました」

「何を話してたの？」

「建物の裏手に別の入口はないかって訊かれたんです。あれば、私たちの手を煩わす必要もないからって」

「何て答えたの？」

彼女は私の手の銃に目をやった。

「入口はない、と」

「よかった」

「知らない人間をなかに入れるようなバカな真似を、私がするとでも思ったんですか？」

「最近、外の公園をうろつく怪しい男もいたから」

「わかってます」彼女は言った。

階段を上がる彼女の態度は相変わらず横柄だったが、

彼女がジョニーに対して私以上に疑念を感じていることはわかった。この家のまわりに次々と怪しい男が現われたことには、兄が何か関係しているのではないか、という疑念だ。ジョニーは起きたばかりだった。食卓で、半茹での卵にパンを浸けて食べながら、ブラック・コーヒーを飲んでいる。上機嫌の様子で『エル・ペッロ・ネグロ』という歌を口ずさんでいる。私はバルコニーの扉に行き、羽根板の隙間から外を覗いた。テラスを二人の男が歩いていた。ひょろ長い男と、グレイの作業服の男だ。二人は短いことばを交わした。体格のいい男はその場を離れ、フェンスのゲートを見つけては、ひとつひとつ鼻を押しつけて扉が開くかどうかを試したり、どこか潜り込める隙間はないか探したりした。

　このアパートメントの裏手にはひとつだけ、外からは見つけにくい出入り口がある。ダーツィオの部屋の窓のすぐ下に物置小屋があり、屋根まではしごが立て掛けられている。これを下りると、そこはまわりを建物の壁で囲まれた中庭になっていて、ここを通って隣の建物の洗濯室に入れば、そこから建物脇の路地に出ることができる。路地の入口は金網のゲートで封鎖されてはいるが、洗濯室を出たところは外の通りから丸見えの位置にある。だが、そのあとは路地の奥を右や左に複雑に曲がっていくルートになっていて、最後には〝聖なる女王大通り〟に出ることができるのだ。この抜け道を見つけたのは私ではない――ダーツィオがクラブで知り合った若い女の子を連れ込むときに使っていたのだ。

　その二人は、いまもダーツィオの部屋で抱き合って外の世界から隔絶したように眠っている。特大の目とぷっくり膨れた唇をした女は、ダーツィオと同様に美しく、彼と同じように世間知らずだった。

　私はこの子たちがうらやましいと思った。

その日の午後は昼寝をして過ごした。それは暑さの厳しいこの地域の習慣だった。街なかの店も午前の営業を終えるとシャッターを閉めてしまう。この点で、この地域は新通貨が流通する以前のヨーロッパに似ている。専制君主や教会が国を支配していた時代のヨーロッパだ。外をうろつく怪しい男がいるにもかかわらず、私たちはこの地元の習慣にすっかり染まってしまっていた。ツァンチェの部屋は陽射しがきついため、彼女は居間に簡易ベッドを置き、天井のファンを回して寝ていた。ダーツィオは裏手の部屋に彼の王女様といっしょに寝ている。兄は私と同じベッドで寝ている。私たち兄妹は小さいころからよく同じベッドで眠った――状況によっては大人になってからもそうした――兄の横に寝そべりながら、彼の開いた口元や額にかかる髪の毛を見つめた。兄には、私たちの居場所を明かすべきではなかった、そんな気がしていた。だが、彼は私の兄であり、その顔を見つめると視線をほかに動かすことがむずかしくなる。

この状況で眠ってしまうのは賢明ではなかったかもしれない。が、いまは昼過ぎだ――昼過ぎには何ごとも起こることはないし、誰もがみんな寝ているのだ。たとえそれが犯罪者であろうとも。天井のファン、それにこの暑さ、ブラインドの隙間からそよいでくる風、すぐそばで眠る兄の吐息――そんなものが相まって、またこの何日かよく眠れていなかったこともあり、私はうとうととしはじめた。子どものような笑い声につづいて廊下に足音がし、やがて水の流れる音とさらに笑い声が聞こえてきた。ダーツィオがガールフレンドといっしょにシャワーを浴びているらしい。家の外に待ち構えているかもしれない危険について二人には注意をしておかなくてはならない。とはいえ、まだ陽は高く、彼らが出かけていくまでにはまだ間があるだろう。それに、いまは他人より自分の身を心配したほうがいいかもしれない。私は夢を見るように、街なかを当てもなく歩く自分の姿を想像していた。通りは徐々に狭くなり、あちらこちらにゴミが落ちている。私は夢遊病者のように歩きつづける。すれ違う人々は私の顔を知っている。私の顔は、掘っ立て小屋の壁紙代わりに貼られた古新聞にまで載っているのだから。若い男たちがポケットに突っ込んだ手でペニスを握りながら、鈍く光る目で熱い視線を私に向けている。ブルージーンズとソーダの世界から来た青年が私に微笑みかけ、下のほうから手を伸ばして私の太腿をつかんだ。目が覚めた。それとも、まだ半分夢のなかなのだろうか。

脚をつかんでいるのは兄の手だった。スカートの下で太腿を触っている。

その手が私を下に引きずり下ろした。

それが夢だというのなら、きっとそうなのだろう。私が何度となく見てきて、また見るたびに忘れ去った夢。

いつの間にか時間が経っていた。暑さはまだ和らいではおらず、私はびっしょりと汗をかいていた。私のクローゼットには荒らされた形跡があり、物の置き場所もずれていて、兄の姿がベッドから消えていた。廊下の先で、何か捜し物をするように引き出しを開けたり閉めたりする物音が聞こえていた。私は窓の外を見た。テラスの壁の下の広場では、いつも男たちがたむろして街ゆく女性に向かって口笛を吹いたり、下品な声をかけたりしていて、夜が深くなるにつれてその数も増えていた。羽根板のあいだから覗くと、例のひょろ長いマリオネット男がいて、その奇妙に折れ曲がった影が、まるで石積みの壁に描かれた落描きのように見えた。その下のほうには、非の打ち所のない身だしなみの男がポーチの階段に坐り、タバコを吸いながら自分の靴を眺めていた。一見、この通りに出没する酒落男のひとりにも思えたが、その顔は見間違えようがなかった。あの身のこなし、タバコの灰を地面に落とす仕草、そばを通り過ぎる混血《ムラート》女性に送る視線。

ロドヴィーコだ。

私は廊下の奥へ歩いていった。ツァンチェは相変わらず天井ファンの回る居間で寝ていた。ただ、彼女の寝室は荒らされていた。ジョニーの仕業だ、と思った。この部屋の窓のほうが通りに近く、さっきより近い距離でロドヴィーコの姿を見ることができた。彼は階段に坐り、こちら側の建物の脇を走る路地の入口をじっと見つめている。この路地の奥へと曲がりくねって進んでいけば〝聖なる女王大通り〟に出ることができる。むろん、彼が入ってくることはできない。金網のゲートはぐるぐる巻きの有刺鉄線付きで、扉には鍵がかかっているのだ。

三人目はどこへ行ったのだろう？　グレイの作業服を着た体格のいい男。彼に裏の抜け道を見つけられてしまったのではないかと思った。が、坂の下のほうで漆喰の壁に立ち小便をしている彼の姿が目に入った。

廊下の突き当たりの壁にはアルコーヴがしつらえてあり、私はそこに書き物机を置いているのだが、兄はそのそばに立っていた。机の上には私の小型スーツケースが置いてある。そして、銀行から持ちだしたカネが入っているジッパー付きの袋も。ツァンチェのバッグもあった。ジョニーは小さなホルスターから拳銃を抜きだし、しげしげと眺めていた。テキサス育ちの兄は、銃については詳しかった。私も同じだ。それは短い銃身で弾倉には弾を五発入れられる引き金の軽い拳銃だった。

「何をしてるの？」

「ツァンチェのバッグにこんなものを見つけた」

「護身用よ」私は言った。

私の〝ピストラ〟を隠した赤い外来種の造花は、ほんの五、六歩離れたところにあるが、そのことは黙っていた。

「私のクローゼットも調べたわね」私は言った。「私のスーツケースも……」

「あの女は荷造りをしていた――すぐにでもここを出られるようにね」

別に驚きはしなかった。彼女は用心を怠らない人間で、サロ以来、常に必要最低限の物をカバンに詰め込んで用意しているのだ。

「ロドヴィーコが外にいるわ。他の二人と」

「おれも見たよ」

「裏手から逃げられる道があるわ」

「知ってる。おまえのかわいい甥っ子が出入りするのを見たから。おまえのかわいいダーツィオ。だけど、彼を連れていくことはできない。誰も連れていくことはできない」

ツァンチェも起きて廊下を歩いていた。木の床を踏みしめる彼女の足音が近づいてきた。

「あんた、私の荷物を荒らしたわね」彼女が言った。「私の部屋にも入ったようね」

「鎧戸を開けるためさ」兄は答えた。「風を通そうと思ってね。ローマに住んでいたあんたなら、部屋を涼しくする方法はよく知ってるはずだろ」

彼の言い訳は意味を成さなかった。彼の手にはツァンチェのバッグと彼女の拳銃が握られているのだから。

ツァンチェは私に訴えるような目を向けた。

「おまえはこの女を信用しすぎてる」兄が私に言った。「外にいる殺し屋と連絡を取っていたのはこの女かもしれないんだぞ」

「あいつらをここに連れてきたのはあんたでしょ」ツァンチェが言った。

「奴らが機会を狙っていたのはうすうす感づいていたさ。それでも、おれは妹を助けるために来たんだ」

彼女の視線が兄と私のあいだを行ったり来たりした。まるで私たち二人が作った活人画でも見るように。薄手のスカートを穿き、全身汗まみれで髪もぐしゃぐしゃの私。そして、同じようにからだじゅうから汗を垂らし、シャツの裾ははみ出してベルトもだらりと下がっている兄。ツァンチェがいま何を考えているかは想像がついた。私は、彼女がその非難のことばを、あるいはそのことばの一部でも、いまにも口にするのではないかと思っていた。〝この人殺しの兄妹め〟彼女の唇は震え、目からは涙が流れていた。だが、その感情の昂ぶりはイザベラのためでも、フランクでも、パオロ・オルシーニのためですらなかった。彼女は恐怖を感じていたのだ。自分の命と、いまは亡きガスパロに起こったことについて。

「なるほどな」兄がバカにしたように言った。「ウソ泣きもうまいもんだ」

「彼女にかまわないで」私は言った。「ツァンチェは傷ついてるのよ」

「自分の男に裏切られたからか」

「違うわ」彼女が言った。

「奴はずっと副司令官に報告を上げていた。おれたちの行動を逐一、情報省に伝えていたんだ。そうだろ？」

ツァンチェは答えなかった。

「これには例の不動産の手続きが絡んでるんだよ、ヴィッキー。必要な手続きが済んでいないいまの状況では、おまえが死ぬと遺産のすべてはダーツィオの母親が相続することになる。つまり、彼の義理の父親が管理をすることになるわけだ。それに対して、イザベラの遺族たちは……」

「つまり、私たちを殺すようにあいつらを送り込んだのは副司令官だっていうのね。でも、どうして？」

「自分の分け前をもらうためさ。それに、議員たちにも取り分がある。教皇にもね」

「そんなの嘘よ」ツァンチェが言い返した。「ガスパロはそんなこと何も知らなかった」

「嘘つきはおまえだろ」

「違うわ」

「だったら、あんたは騙されたんだ。ガスパロにまんまとしてやられたのさ。奴は副司令官の指示に従ってあんたをここに送り出した。妹をこの国で殺すためにだ。この国でなら、殺人事件があっても捜査なんて行われないからね。ガスパロの受け取った報酬はといえば、両手を切り落とされて、指紋を魚に食わせられちまったことだ」

彼女はジョニーにイタリア語の罵倒のことばを浴びせかけた。人の顔を見ずに嘘をつきまくり、金持ちにケツをいいようにされることを生業にする男を侮蔑することばだった。

兄はひと言も返さなかった。

彼はあのいつもの笑顔を浮かべた。その手にはリヴォルヴァがある。ツァンチェの唇は震えていたが、その表情にはいつもの相手を下に見る態度があった。ジョニーは歩み寄り、拳銃のグリップを彼女の頭に打ちつけた。

私は悲鳴を上げた。

「静かに」ジョニーが言った。

ツァンチェは血を流して倒れていた。呻き声を上げている。意識があるのかどうかはわからなかったが、彼女がこちらを見上げる目——その大きな黒い瞳——を見たとき、私のなかの暗黒部分で、屈服させられた彼女を見て満足感を覚える自分がいた。だが、そう思ったのは心のほんの片隅でのことだ。ジョニーは書き物机のところに行き、スーツケースを手に取った。そのとき、廊下の先にダーツィオとガールフレンドが現われた。少女は私たちを見て思わずダーツィオの腕にすがりつき、彼をうしろに引っ張った。彼女の反応が正解だったが、ダーツィオはこれを無視してしまった。ダメよ、と私は思った。いますぐ逃げなさい！　だが、ダーツィオは逃げなかった。いかにもダーツィオらしかった。たとえ逃げたとしてもジョニーには追いつかれてしまい、ツァンチェと同じように、あるいは彼女よりもひどく殴られてしまうだろう。兄はきっと、ダーツィオの顔をガラス細工のように粉々に砕いてしまうに違いない。

私は素焼きのプランターのうしろに手を入れ、兄に向き直った。

その手には拳銃を握っている。私の〝ピストラ・パラ・ムヘル〟。

「おまえ」兄が声を出した。

兄の目は、これまでに何度となく見てきたように輝いていた。彼の目には何かを求めるような屈託のないきらめきがあり、私が相手ならどんなことでも言いくるめられる、とでもいうような力があった。

きっとそのとおりのことが起こっていたのだろうと思う。彼にしゃべる機会を与えさえしていれば。

兄は許しを請うように片手を下げてみせた——子どものころにもよくやったおかしなポーズだ。

私は汗まみれになっていて、全身が膜におおわれたようだった。

私は引き金を引いた。

小さな弾丸を撃ち出す小口径の銃だった。兄はスーツケースを持った手を挙げ、これ以上は開かないというほどに目を見開き、弾丸がめり込んだ下腹にその手を持っていった。彼は片手にスーツケース、もう片方の手にツァンチェの銃を握っていて、その一瞬、私には撃ち返すことのできる間があった。が、その一瞬の間は過ぎ去った。私はもう一度、弾丸を放った。つづけてさらに二発。銃創は兄の胸に房のような模様を描いた。手から銃がこぼれ落ち、兄は床に倒れた。

「行きなさい」私はダーツィオに言った。「さあ、早く。二人とも。家の裏手から逃げるのよ」

「きみも来てくれなきゃダメだ」ダーツィオが言い返してきた。

兄はまだ生きていて、うつ伏せになって荒い息を床に吐いていた。その横のカーペットにツァンチェの銃が落ちている。私は彼女のバッグを拾い上げて銃をなかに入れ、スーツケースに入っていたカネも突っ込んだ。カネはこれだけではない。銀行にはまだいくらか残っている。

「いいから行きなさい」

「行くって、どこへ？」

「遠くへよ」

「遠くってどこ？」彼はまた訊いた。

私は海岸沿いの町の名前を言った。

「そこに行けばビーチがあるわ。大きなビーチが。どこまでつづいてるのかわからないくらい大きなビーチよ」

「あとから来てくれるんだよね？」

私は兄に目をやった。いまは横向きになり、苦しそうにからだを丸めている。家の外にいる男たちのことを考えた。家の正面と脇の路地は見張られている。奴らの注意を逸らさなければならない。

「いっしょに行こうよ」

兄が訴えかけるような目で私を見た。彼の手が開いたり閉じたりした。

「先に行きなさい」ダーツィオに言った。「さあ、早く」

ひょろ長いマリオネット男はまえに見たのとまったく同じ場所に立っていて、街灯にもたれかかったその姿や道路に長く伸びた影は、まるで街の風景の一部と化しているようだった。ロドヴィーコもさっきと同じ階段に陣取り、背中を丸めてタバコを吹かしながら体格のいい男と何やら話をしている。先ほどは立ち小便をしていたこの男は、結局、フェンスのなかに入る道を見つけられなかったようだ。その様子からすると、ロドヴィーコはこの男にうんざりしているようだった。彼は指をくるくると回すジェスチャーで、もう一度あたりを見回ってくるように指示をした。すると、マリオネット男が指を歯に当てて呼び子のような音を出した。

彼らはこちらに向かって歩き出した。三人ともだ。陰険な笑みを浮かべ、首を片方に傾けている。私はバルコニーに立ったまま彼らを見下ろした。リスクは承知の上だ。正面の扉には鍵もかんぬきも掛けてあるから、そこから入ってくることはできない。ダーツィオとガールフレンドはいまにもあの路地に飛び出し、〝聖なる女王大通り〟に向かって走り出すだろう。二人の姿をゲートの向こうから見られないようにするには、連中をあの階段の位置から移動させる必要があったのだ。

リヴォルヴァは持っていたが、その手は下げたままにしていた。五発のうち、残っている弾は一発だけ。連中はきっと私の〝ピストラ・パラ・ムヘル〟より狙いも正確で威力のある銃を持っているに違いない。

「これはこれは」ロドヴィーコが口を開いた。「〝ミア・ベッラ〟のお出ましだ」

奴らが持っているのは拳銃一挺どころではないだろう。ロドヴィーコはいまいるところからでも私を撃つことができたはずだ。だが、彼はそんなことはしなかった。カネで雇われた身ではあるが、わざわざここまで出向いてきたのは、女をひとり撃ち殺すためだけではない。もっとじっくりと楽しむつもりなのだ。

彼は片手を腰に当て、芝居がかったやりかたで私に投げキッスを寄こした。

そして、大型のナイフを見せつけた。

私はあとずさって部屋のなかに入った。

居間に戻ると、兄はさっきと同じ状態で倒れていた。ツァンチェは四つん這いになって起き上がろうとしている。彼女が私たちを裏切っていたのかどうかはわからないが、もうそんなことはどうでもよかった。彼女が生き残れる術はもうない。恋人だったガスパロを失った彼女のことをかわいそうだと思った。だが、いまツァンチェに必要なのは哀れみではなく、親切心だ。私は彼女のこめかみに銃口を押し当てた。

引き金を引いた。

私は床に横たわり、死にゆく兄をうしろから抱きしめた。

兄はすぐには死ななかった。私の撃った弾は胸に三発、胃のすぐ下あたりに一発当たっていた。小口径の銃弾は彼のからだを貫通してはいなかった。弾が当たったところを指先で探ってみた。シャツに穴が空いて生地がほつれているところが見つかった。傷口は弾丸の熱によって焼き付けられて塞がっていたが、血は少しずつ流れだしていて、なかに埋まった弾丸は見えなかった。胸に受けた弾丸のひとつは胸腔に入り、心臓をかすめて肺に達しているようだった。そう思ったのは、兄が口から血を吐いていたからだ。息をするだけで苦しいらしく、話すのはさらに辛そうだった。どうしていいかわからなかった私はただ兄を抱きしめ、耳元に優しく囁きかけ、肌を撫で、できるかぎり落ち着かせてあげるようにした。彼は呻き声を上げながら小さな声で何度も悪態をついたり、私の名前を呼んだりしていたが、時間が経つにつれて段々とその声に力がなくなり、ことばも意味を成さなくなり、やがて聞こえるのは床に向かって苦しそうに吐く息だけになった。外に逃げていったダーツィオとガールフレンドのことを思った。彼らといっしょに逃げるのなら、一刻も早くここを出ていかなければならない。グズグズしていれば、ロドヴィーコとその仲間が裏の抜け道を見つけて入ってきてしまう——だが、私が動こうとするたびに兄は私の手を握る指に力を込めるのだった。窓の外は暗くなっている。すぐにではなく少しずつだったが、やがてあたりはまっ暗になり、兄の呟くような声も、近所の物音やテレビの音、大通り《アヴェニーダ》の喧騒や公園にたむろする男たちの冷やかしの声に消され、何を言っているのかわからなくなってしまった。彼のからだは丸まったり痙攣したりしていて、そのたびに私の手が強く握られた。兄は糞尿を漏らし、肌が冷たくなっていった。そのとき、私に何かが起こった。以前にも経験したことだ。その気になればすぐにその場を立ち去ることもできたはずだが、何かが私をここに引き留めていた。私は長いあいだ、そうして兄の糞尿を嗅ぎながら、兄にことばをかけ、慰めつづけた。そして、ようやく立ち上がった。窓の外を見ると、ロドヴィーコの仲間がまだそこにいた――ひとりはテラスの壁にもたれかかり、もうひとりは階段に――だが、ロドヴィーコの姿が見えない。私はダーツィオの部屋に行き、中庭を見下ろした。近所のアパートメントの上階でカーテンや羽根板の隙間から漏れ出す明かり以外に、光は見えなかった。

すると、まっ暗闇のなかに、ぽつんと光るタバコの火が見えた。

遅い時間になっている。外の状況は変わっていない。二人の男は家の向かいの持ち場から動かない。中庭の男も相変わらずそこにいて、タバコの火が小さくなったり大きくなったりしている。しばらくすると、彼はタバコの火を消す。だが、すぐに次のタバコに火をつけ、必要以上に長く炎を出したままにする。自分の顔を見せつけるために。私からよく見えるように、と彼は顔を上げてみせる。

そして、炎は消える。

私は書き物机に戻る――スクリーン上で光る文字を読む――ただし、ときおりグラスにワインを注いだり、羽根板の隙間から大通り《アヴェニーダ》を覗いたりする。私がインターネットで探すのは自分についての噂だ。多少、神経症的な習慣だったが、私はこれで心を落ち着けることができる。たくさんの写真や推論、そして暗黒のなかに数え切れないほど浮かぶ別の私の姿。

噂というものは際限なく増えていく。

私がまた修道院に入ったという記事。殺されたらしいという噂。神様から贈られた雲に乗って天国に昇ったという話。

人は自分の見たいものを見る。それは私も同じだ。

夜は様々な音に溢れている。

影の音。はしごの軋む音。ゲートが揺すられる音。三人は同時に行動を起こす。近所の住民は寝入り、警察もまた寝ている。世界の反対側では副司令官が目を覚ます。教皇が鼻をかむ。階下でゲートの鍵が開けられる。ドイツ人の家主が脅されるか、カネをつかまされるかして渡してしまうのだ。あるいは、兄が言ったとおり、鍵はあらかじめツァンチェが連中に渡していたのかもしれない。

駆け込んでくる足音。

連中は何らかの方法で入ってきて、私は自分の姿を上のほうから見下ろしている——立ち上がり、近くのバルコニーに向かって歩いていく。そこから壁を越えて通りに飛び下りようとでもいうのだろうか。

彼らは私に迫ってくる。うしろからつかまれ、乱暴に引き戻されてタイルの床に倒される。ロドヴィーコが見つめるなか、私は両側から押さえられる。彼の手に握られた物がぎらりと光る。私は何とか逃げようと身をよじったり、噛みついたり、引っ掻いたりするが、体格のいい男が私の腹にパンチを食らわせて抵抗する力を奪ってしまう。次の瞬間、私はベッドに放り上げられ、片側をひょろ長い男に、反対側を獣のような男に押さえられる。男の体重をずっしりと感じ、首には無精髭の生えた頬が押しつけられる。ロドヴィーコの顔が目のまえに現われる。彼はナイフの先を私の胸の下に押し当てる。長い刃をした薄くて細いナイフで、柄の部分には複雑な模様が刻まれている。「じたばたするんじゃない」彼は言う。そして、間を置く。グレイの作業服男が目のまえで十字を切る。迷信深いこの殺し屋たちは、私にも神と対面する時間をくれるらしい。次に何が起こるのかはわかっている。私は覚悟を決める。だが、目を閉じたりはしない。唇が震えるが、何か高尚なことを、あるいは何か勇ましいことばを口にしたいと思う――せめて、ロドヴィーコの顔に唾を吐きかけてやりたい――だが、突然にナイフが肋骨のあいだに押し込まれる。

告解をしなければ。

彼はいかにも手慣れた手つきで心臓に刺さったナイフを捻る。他の二人は私のからだをしっかりと押さえているが、もう彼らの姿は私には見えない。ここにあるのは私とロドヴィーコと、心臓に刺さったナイフだけ。私は彼の目を覗き込む。その奥には無限の暗黒が広がっている。私の感覚を占めるのは大きな朦朧感と、大きな静寂だ――そしてその静寂のなかには虚無という存在があり、死のその瞬間に私がついに神の御前に両膝をつき、その慈悲に身を委ねるのを待っている。

だけど、私は……

身を委ねたりはしない。こんなことはまだ起きてはいないのだ、そう自分に言い聞かせる。少なくとも、まだいまは。私はまだ書き物机に向かっている。グラスを手に取り、ワインに口をつける。階下で物音がするのを聞き、バルコニーに向かう。廊下を走る足音がどんどん大きくなっているのを聞きはするが、あえてこれを無視する。月光が私のからだに注ぎ、男たちは一斉に押し黙る。私は美しく、私は醜い。私は人が望むものすべてだ。だが、私は何も悔いてはいない。この瞬間は崩壊していき、その崩壊の過程のどこかで、私は自分に言い聞かせる。私は死なない、と。私は逃げ道を見いだす。テラスの壁を越え、大通り《アヴェニーダ》に舞い下りる。そして、その先のパンパへと向かう。

著者あとがき

現代にその舞台を置いてはいるが、この小説はジョン・ウェブスターが著した古い同名の戯曲（一六一二年）に題材の多くを依拠している。この戯曲はまた、ローマで実際に起きた悪名高い二重殺人事件をもとに書かれたもので、その犯人として疑われたのが若い女とその兄だった。

著者について

ドメニック・スタンズベリーはエドガー賞の受賞歴のある作家で、これまでに小説と短篇集合わせて十作の著作がある。彼のノース・ビーチ・ミステリーの連作は、サンフランシスコの民族的かつ政治的なサブカルチャーを見事に描き出したことで高い評価を受けている。このシリーズの一作 *The Ancient Rain* は、発表されて数年経ったいまもブックリストが挙げる二〇一〇年代のベスト犯罪小説のひとつに選ばれている。愛人殺しの疑いをかけられたマリン郡の精神科医を描いた彼の初期の傑作『告白』は、その物議を醸した斬新な手法が評価され、エドガー賞を受賞した。サンフランシスコの近くで生まれ育ったスタンズベリーは、現在、妻である詩人のギリアン・コノレイと娘のギリスとともに、同市の北にある小さな町で暮らしている。

解説

ミステリ評論家 吉野 仁

これは、背徳と官能に満ち、死と復讐に彩られた女をめぐる暗黒の悲劇である。

本作『白い悪魔』は、二〇一六年に発表され、その年のハメット賞を受賞した。とはいえ、『血の収穫』『マルタの鷹』などハメットを代表する作品とはまったく異なる筆致で描かれたサスペンスだ。語り手は若き人妻であり、舞台はローマやカリフォルニアの海岸で、むしろパトリシア・ハイスミスの作風に近い気がする。物語からは、不道徳、非道、破滅といった言葉が浮かんでくるが、それだけではない。ヒロインとその兄は、それぞれ内に野心を抱き、上昇志向のもと、あこがれの存在に近づき、手段を選ばず計画を実行に移していく。やがてそれが自身を追いつめることになるとは思いもしないで。ハイスミス『太陽がいっぱい』に登場したリプリーとどこか似通っている。

また、舞台となっているのは、歴史ある景観の多いイタリアの都会や富裕層の集まる米国のリゾート地だ。登場人物たちの日常は、浮世離れして優雅に見える反面、いささか生活感に乏しくどこか嘘くさい。まるで美術館に飾られる油絵のようなシーンが多い。それでいてヒロインは、美しい風景を背にしながら、どこにいようと場違いな感覚をごまかすかのように、手近な恋愛に手をのばしたり、だれも自分を追いかけてこない場所に逃げ込んだりしている。

書き出しの一行は〝また殺人があった〟という言葉だ。〝私の夫は二人とも死んでしまった。この歳で結婚を二回し、その二回とも未亡人になってしまうなんて、あまりにも若すぎる〟と冒頭から主人公は身の上を語り、そして現在、人目を避けるようにひっそりと暮らしていることを述べている。この女性の人生にいったい何があったのか。

語り手をつとめるのは、アメリカ人女性ヴィッキー。イタリアではヴィットリアと名乗っており、やや歳の離れた夫である小説家のフランク・パリスとローマにある小さなアパートで暮らしていた。以前に映画女優として小さな役を得たものの、けっきょく芽は出なかった。いまは、二人だけの結婚生活をそれなりに愉しんでいる。状況が一変したのは、腹違いの兄ジョニーがやって来てからだ。ある夜、兄に連れられて行ったクラブで、イタリアの元老院議員であるパオロ・オルシーニを紹介された。パオロは女優のイザベラと結婚していたが、その関係はすでに崩壊寸前だった。やがてヴィットリアの周囲で不審な死が続いていく。

本作の特徴として第一に挙げられるのは、これから起こる忌まわしい出来事がつねに先に語られ、予感を示していく構成だろう。三章でヴィットリアがオルシーニのボディガードのひとり、ロドヴィーコのことを気にしている場面なども同様である。もしくは、元老院議員、枢機卿といった身分の人たちが登場するだけでなく、ヴィットリアが修道院で過ごす場面などを含め、一般の俗な市民生活とはかけ離れた世界で展開していくあたり、読んでいて感じられるのは、リアリズムで描かれた多くの現代ミステリとはいささか異質な手応えだ。なにより、夫をもつ身のヴィットリアが結婚している男性と親しくなったあげく、その妻が死亡するという事件にはじまり、兄と妹のあいだの近親相姦をつねに匂わせているほか、彼女と若い男の子ダーツィオの関係など、全篇にわたって官能的で禁断の恋が描かれている。ヒロインの背徳的な恋愛遍歴とそのむこうに見える兄ジョニーとの怪しい関係、そして彼女自身の本性である〝白い悪魔〟がもたらした運命は、最後に残酷な結末へとたどりつく。それが事前に分かっていても、なおページをめくらずにおれない物語として成り立っているのは、なぜだろう。

すでに本文を読み終えて、この拙文に目を通している方ならば分かっているだろうが、巻末で著者が明かしているとおり、本作は、シェイクスピアと同時代に活躍した、ジャコビアン時代の劇作家ジョン・ウェブスターの代表作「白い悪魔」（一六一二年）から題材をとっている。しかも、その戯曲は実際にローマで起きた二重殺人事件をもとに書かれたものなのだ。最初になんの予備知識もないまま本作を読んだときには分からなかったが、時代が異なるだけで、多くの物語要素や話の骨格は、「白い悪魔」とほとんど同じだとわかる。

『エリザベス朝演劇集Ⅲ　白い悪魔　モルフィ公爵夫人』（小田島雄志訳、白水社）などを参考に、この戯曲と作者ウェブスター、そしてもとになった事件について紹介しておこう。ジョン・ウェブスター（一五八〇？～一六三四？）は十七世紀初頭から劇作家として、先輩作家を共作のかたちで手伝っていたが、とつぜん二作の悲劇を発表し、名声を得た。その一作が「白い悪魔」なのだ。ちなみに、もうひとつの代表作「モルフィ公爵夫人」は、かのアガサ・クリスティーによる〈ミス・マープル〉シリーズの最終作『スリーピング・マーダー』に重要な劇中劇として扱われている。

エリザベス朝からジャコビアン時代には、復讐悲劇が人気を集めていた。そしてエリザベス朝前期までは、復讐者を主人公にして描かれていたが、後期になるとほとんど復讐される側の者が主役だったという。またウェブスターの時代のいわゆるジャコビアン悲劇は、単に血にまみれた復讐譚では終わらず、裏では裏切り、陰謀、策略がおこなわれ、陰では近親相姦をはじめ、密通、略奪愛といった男女の関係が描かれるなど、人間の暗い本質やおぞましく不条理な姿が埋め込まれた作品が多くつくられていたようだ。

ウェブスター「白い悪魔」のヒロインの名はヴィットリアであり、そのほかブラキアーノ公爵（本名パオロ・オルシーニ）とその妻イザベラ、ロドヴィーコ公爵など、ほとんどスタンズベリー『白い悪魔』ではそのまま名前を拝借している。ヴィットリアの兄の名は戯曲ではフラミネオで、なぜスタンズベリーが本作においてジョニーと改変したのかは不明だが、そこに現代性や原典との違いを打ち出そうとしたのかもしれない。

物語の流れも、オリジナルの戯曲とこの現代小説版では、大きな変わりはない。先に述べたとおり、そもそもウェブスターの「白い悪魔」は十六世紀のイタリアで起きた実際の事件をモデルにしており、その主役である女性の名はヴィットリアなのだ。ウェブスターの戯曲もまた、ほとんどこの実際の事件をなぞったもので、主要な登場人物名も同じである。実際の事件のヴィットリアは、兄の企みにより、最初の夫とブラキアーノ公爵の妻イザベラが死亡したのち、公爵と結ばれたが、のちに公爵は病死した。その年、ヴィットリアは仮面をつけた一団に襲われ刺殺されたという。事件はヨーロッパじゅうに知れ渡ったそうだ。

もちろん、十七世紀英国の演劇と二十一世紀の小説は、大きく異なる表現手段に基づいている。本作の読みどころは、普遍的な人間の負の部分を暴きつつ、現代のサスペンスとして、現実味あふれる作品につくりかえているところではないか。作者独自の創作部分も少なくない。本作に触れたインタビューで作者ドメニック・スタンズベリーは、ジョン・ウェブスターの戯曲をなんども読み返すだけでなく、イタリアへ行き、現代のローマの街を調査したうえで、類似したタイプの人物や社会の状況を探しもとめたと語っている。すなわちオリジナルの物語に近づくことを目指しながらも、十六、十七世紀の人間ではなく、その連中が現代に生きていれば、どのようなキャラクターなのか、いかなる状況が生まれるのか、考え抜いたうえで書いたのだろう。また、そのインタビューでは、ウェブスターの古典劇は、ジェイムズ・M・ケイン『倍額保険』と成り立ちにおいて似ているとも指摘しているのも興味深いところ。これは不倫の果てに生命保険金殺人をした男が主人公の犯罪小説で、ビリー・ワイルダー監督による有名なフィルム・ノワール「深夜の告白」の原作でもある。この小説も実際に起きた事件を下敷きにしていた。

同じインタビューでスタンズベリーは、ミュリエル・スパーク、グレアム・グリーン、フラナリー・オコナー、ジム・トンプスン、モラヴィア、セリーヌといった作家たちを敬愛していると述べていた。たしかに、これまでの邦訳ではあちこちにさまざまな文学の匂いがしていた。また、パトリシア・ハイスミスの共通点をもうひとつ挙げるなら、ヴィットリアが、映画女優であるイザベラの服をまとう場面、すなわち相手になりすましたり、変身しようとしたりする行為などにも感じられたものだ。

作者のドメニック・スタンズベリーは、一九八七年発表の『九回裏の栄光』（ミステリアス・プレス文庫〔早川書房〕）でデビューしたアメリカの犯罪小説作家である。これまでの著作は十作ほど。三十年以上のキャリアがあるわりには寡作ながら、作品を発表するたびに注目を集めてきた。『九回裏の栄光』は、アメリカ探偵作家クラブ賞（MWA賞）の最優秀新人賞にノミネートされた。プロ野球のマイナーリーグを舞台として、フリーの新聞記者が、地元議員の不正がらみで起きた殺人と放火を追及していく。いずれ大リーグにあがることを夢見る男たち、もしくはその夢が破れた男たちの姿を濃密な筆致で描いており、意表をつくラストが待ち受けている作品だ。

一九九八年刊行の『青い影の女』（ミステリアス・プレス文庫）は、アメリカ探偵作家クラブ賞最優秀長篇賞、およびハメット賞の候補となった。こちらは、イタリア系移民が暮らすサンフランシスコのノース・ビーチを舞台に、弁護士くずれのニックが、弟の死の真相をさぐっていくミステリであると同時に、弟の元妻マリーをめぐるファム・ファタールの暗黒小説でもある。

そして、二〇〇四年発表の『告白』（ハヤカワ・ミステリ文庫）でめでたくアメリカ探偵作家クラブ賞最優秀ペイパーバック賞を受賞した。司法心理学者のジェイクが過去の出来事を回想し、告白するという形式の作品だ。ジェイクは、不倫相手のサラが殺されたことを知らされた。警察によると、犯行には彼のネクタイが使われていたなど、あらゆる状況からジェイクが犯人であることを示していた。一種の〈信用できない語り手〉という手法をつかった異色サスペンスである。

　そのほか、伝説のノワール作家、ジム・トンプスンを主人公にした犯罪小説やサンフランシスコ市警の警察官ダンテ・マンクーソを主人公にした〈ノース・ビーチ・ミステリ〉シリーズ四作などを発表している。『白い悪魔』は久々の単発作だったのだ。

　ジョン・ウェブスターによる戯曲「白い悪魔」のなかで、モンティセルソ枢機卿が「悪魔が天使の姿をとることがあるとすれば、この女だ」と語る場面があった。また、ネットのウィキペディアには、この題名について〝同時代によく知られていた「白い悪魔は、黒いやつよりなお悪い」という諺《ことわざ》を引用したもの〟という説明があった。戯曲全体は〝自分自身を潔白で純粋な善人と称する人の自己認識と、現実の人となりとがいかにかけ離れているかということをテーマとしている〟のだと。

　たしかに、ヴィットリアの語りをそのまま嘘偽りのない告白だと受けとめれば、運命に翻弄され、魔の手に追いやられた被害者のようにも思えるが、外からは別の貌が見えていたのかもしれない。純真なふりをしながら、周囲を惑わし破滅させる悪女。いや、ふりをしていたのではなく、自己のイメージでは、そのまま純粋で無垢なのだ。ゆえに男たちを引きよせ夢中にさせる。善人による自覚のないの悪ほど始末に負えない。ヴィットリアは、自身のなかに棲みつく白い悪魔の存在を意識しないまま生きていたのだとすると、すなわちそれが、ある種の人間の本性ならば、なおこの復讐悲劇の救いのなさが感じられる。『白い悪魔』は、どこまでも恐ろしい物語なのだ。

HAYAKAWA POCKET MYSTERY BOOKS No. 1952

真《ま》 崎《さき》 義《よし》 博《ひろ》

1947年生，明治大学英文科卒，
英米文学翻訳家
訳書
『麻薬王の弁護士』トッド・メラー
『緊急工作員』ダニエル・ジャドスン
『虎の宴』リリー・ライト
『老いたる詐欺師』ニコラス・サール
『邪悪の家』『ポアロ登場』アガサ・クリスティー
『ホッグ連続殺人』ウィリアム・L・デアンドリア
（以上早川書房刊）他多数

この本の型は，縦18.4センチ，横10.6センチのポケット・ブック判です．

〔白《しろ》い悪魔《あくま》〕

2020年2月10日印刷　　2020年2月15日発行

著　　者　ドメニック・スタンズベリー
訳　　者　真　崎　義　博
発 行 者　早　川　　浩
印 刷 所　星野精版印刷株式会社
表紙印刷　株式会社文化カラー印刷
製 本 所　株式会社川島製本所

発 行 所　株式会社　**早 川 書 房**
東京都千代田区神田多町2－2
電話　03-3252-3111
振替　00160-3-47799
https://www.hayakawa-online.co.jp

（乱丁・落丁本は小社制作部宛お送り下さい
送料小社負担にてお取りかえいたします）

ISBN978-4-15-001952-5 C0297
Printed and bound in Japan